致 敬 岁 月

吴国荣 著

山西出版传媒集团　山西人民出版社

图书在版编目（CIP）数据

致敬岁月 / 吴国荣著. —— 太原：山西人民出版社，2021.11
ISBN 978-7-203-11933-3

Ⅰ.①致… Ⅱ.①吴… Ⅲ.①散文集-中国-当代 Ⅳ.①I267

中国版本图书馆CIP数据核字（2021）第199655号

致敬岁月

著　　者：	吴国荣
责任编辑：	张小芳
复　　审：	李　鑫
终　　审：	贺　权
装帧设计：	尹慧娟

出 版 者：	山西出版传媒集团·山西人民出版社
地　　址：	太原市建设南路21号
邮　　编：	030012
发行营销：	0351-4922220　4955996　4956039　4922127（传真）
天猫官网：	https://sxrmcbs.tmall.com　电话：0351-4922159
E-mail：	sxskcb@163.com　发行部
	sxskcb@126.com　总编室
网　　址：	www.sxskcb.com

经 销 者：	山西出版传媒集团·山西人民出版社
承 印 厂：	晋中市美琳印务有限公司
开　　本：	787mm×1092mm　　1/16
印　　张：	13.5
字　　数：	135千字
印　　数：	1—1200册
版　　次：	2021年11月　第1版
印　　次：	2021年11月　第1次印刷
书　　号：	ISBN 978-7-203-11933-3
定　　价：	66.00元

如有印装质量问题请与本社联系调换

《致敬岁月》之致敬(代序)

和　悦

为国荣君的又一本新书写序,很愉快,很荣幸,也是理所应当,责无旁贷。彼此相识数十载,所谓同气相求;庚子年初冬,国荣君郑重其事地找上门来托付,岂能推脱?一方面是他一以贯之的"心至善时能受益""善待别人就是善待自己"的为人处世风格;另一方面,倒是让我有了些许的压力和不安不自在。

国荣君此书,与他先前的作品风格一致。国荣君始终都在学习,与年龄无关;始终做有心人,与阅历无关;始终雅俗共赏,与出身无关;始终是一位明白人,与世故无关。跟他来往,与他喝酒,听他宏论,君子并绵长着,自在并痛快着,开心并沉思着。所谓"悠然心会,妙处难与君说"了。

扯得远了,书归正题。

《致敬岁月》凡36篇,近14万字。文体大致属于散文、随笔,内容涉及他念念不忘的人情世情亲情，津津乐道的故乡第二故乡及其种种，习以为常的感悟自省和人文心绪，皆为近两年来心得之作。通篇读罢，或深入浅出娓娓道来，或触类旁通食古而化，或致敬岁月礼遇自己。当人生又回到出发时的原点，方才感到人生每一个阶段有每一个阶段的不成熟，每一个阶段有每一个阶段的不自持，每一个阶段有每一个阶段的不如意了。

深入浅出娓娓道来 因为不是急就和应景，《致敬岁月》的每一篇文章都很好看耐读，这一切得益于成熟的个人行文方式，老到的文字驾驭能力，扎实丰富的生活积累，集中体现出"岁月静好""经年累月"沉淀之魅力。说老家的事叙故乡的情念小时候的人，初心难忘本色不改，国荣君不失赤子本色；《读不完的晋祠》《高古不凡说太山》《迎泽公园》《太原的桥》，心心念念，真情流露，国荣君把太原当成自己的家；舞文弄墨《恨不人生二百年》，看报听戏《人间四月正芳菲》，光阴虚度情何以堪。国荣君自省"对于人生的遗憾和教训，只能成为自责的追忆"，而他在多个方向多个门类多个领域所展现出的兴趣、禀赋和术业有专攻，也令他的文字充满隽永内涵和外在张力。有的篇章如《心灵如何安放》《我的母亲》等，款款深情，欲言又止，读来令人动容。

触类旁通食古而化 多年同在一个系统，早见识国荣君之学识风采，觉得他是官员当中的学者，文人当中的干部。尤其是在讨论涉及文化和学术方面的话题时，国荣君每每从容不迫，旁征博引，又观点鲜明，不强加于人，其学富五车兼虚怀若谷，散发出独特的个人魅力。几十年间，他自如地在职业和痴爱之间行走，在待见或客气的人之间来回，在城市和乡村之间穿梭，在个人修为和经世济民之间求索。不着痕迹地"于平凡中显真谛，于平和中寓深意"，乐此不疲"读书临池远俗务，品茗悟道近古贤"。文如其人。桃李不言，下自成蹊。类似《心绪》《说是道非》和《学书法即学做人》《守一份人之初》等，既是他大半辈子工作生活的雪泥鸿爪，更是他一路走来的心得感悟；既是他"能回去的是老家，回不去的是心灵"的乡愁；更是他"有时候一个无意所为，便打捞出历史的惊鸿"一瞥。个中得失寸心知，他在说给自己听；"善来福往绽芳华"，他期待能激起更多的共鸣。

致敬岁月礼遇自己　"岁月给我们的成长和生活丈量着时间，岁月又给我们的工作和事业计算着收获，我们致敬岁月。"国荣君在致敬岁月致敬生活致敬每一位与自己相关的人；同时，他亦在礼遇生命礼遇自己礼遇风雨兼程的路。从内心深处看，理论上没有人乐意退休。抛开其他的因素，仅就数十年养成的习惯，要在一个时间点上戛然而止，谈何容易；延宕不退，那远不是个人意志可能改变的事情。上班去，乃是一个方向；退休了，较长时间会觉得茫然。话分两头，在职时，一个人对"职业"的态度，不止决定人生走向，同时为"离职"埋下伏笔。在此基础上华丽转身，国荣君堪称完美。他在"近50年的履历和成长中"，将自己与始终不渝的信仰水乳交融，"或参与具体工作，或见证辉煌成就，与时代同行"；与此同时，他不断地充实历练自己，"光宣纸就用了几十刀，墨汁百十来瓶，毛笔用坏了几十上百支"。一个人倘若做到问心无愧，退与不退又何妨？如此说来，《致敬岁月》也就是水到渠成的事情吧。

"做一个实事求是的人，做一个有文化修养的人，做一个善待生活的人。"国荣君是这样说的，也是如此追求和身体力行的。

当然，他还是一个替他人着想的人，一个风趣幽默的人。

是为序。

庚子年岁末于并州

（和悦，山西省文联副主席）

目 录

重读天龙山……………………………………………………1
读不完的晋祠……………………………………………………7
佛道相生兴龙山…………………………………………………14
高古不凡说太山…………………………………………………20
一尊大佛的身前背后……………………………………………28
赤桥怀古…………………………………………………………38
文瀛湖水荡千秋…………………………………………………42
迎泽公园…………………………………………………………48
太原的桥…………………………………………………………53
保存晋阳古城的记忆……………………………………………58
地域文化的背后…………………………………………………64
与草木同安………………………………………………………67

乳名声里的故乡…………………………………………………72
又到麦收拾穗时…………………………………………………78
把心寄回家………………………………………………………84
我和报纸的情缘…………………………………………………89
雏凤清声…………………………………………………………95
和小鸟共处………………………………………………………99
守住乡魂…………………………………………………………104

我的母亲…………………………………………………108
我的隐私…………………………………………………123
找点时间…………………………………………………132

哥们儿 走着瞧…………………………………………136
心灵如何安放……………………………………………142
心　绪……………………………………………………147
霜林醉时识珍木…………………………………………151
致敬岁月…………………………………………………156
恨不人生二百年…………………………………………159
说是道非…………………………………………………163
学而不厌为人生…………………………………………166

何不返璞进书房…………………………………………169
崎岖艰辛花自艳…………………………………………175
学书法即学做人…………………………………………180
献身晋剧勇创新…………………………………………184
梨园梅开更芬芳…………………………………………190
守一份人之初……………………………………………196

后　记……………………………………………………202

重读天龙山

一看题目，就知道天龙山我去过不止一次。20年前我曾写过一篇关于天龙山的文章，刊登在太原市的文艺期刊《城市文学》上，那俨然导游解说词的文笔今天看起来，实在过于肤浅幼稚，完全辜负了天龙山的悠久文化和历史沧桑。

记得当时在文章中也曾介绍过，天龙山位于山西省太原市西南36千米处，集林、泉、洞、窟、寺于一体，是一处人文景观和自然风光浑然一体的风景名胜。也曾描述过那里的植被，满山满坡都是野生名贵树种白皮松，间杂其中的还有盆景一样千姿百态的桧柏和侧柏。特别是圣寿寺门前广场上的那棵蟠龙松，树冠如华盖，遮天蔽地数百平方米，像随时候命侍奉佛祖出行。但是这些自然景观，仅是太原地域特色的风光，而已。当年文章忽略了天龙山的石窟造像及其艺术特色，唯有石窟造像，能完美证明天龙山在中国历史上的地位和文化价值。

天龙山石窟是天龙山的魂魄，也是天龙山的历史长度和艺术高度。开凿于东峰和西峰山腰间的洞窟现存25座，东西长约500米。

高欢从实际掌控东魏朝政始，便在发迹地别都晋阳之天龙山修建避暑离宫，并开凿石窟，拉开了天龙山佛教文化的历史序幕。位于东峰的第二窟和第三窟，就是最早开凿的一组双窟。天龙山石窟无论规模、数量和影响，都远不如云冈、龙门、敦煌和麦积山石窟。但是，尺有所短，寸有所长。虽然天龙山这两座石窟有点单薄，显得局促，但它代表的时代风貌却是唯一的。走遍全国石窟，都没看到东魏时期的作品。天龙山的东魏石窟代表着那个独特的时代。

　　高欢之子高洋取代东魏建立北齐。因为太原是陪都，政治、经济和军事地位十分突出，况且北齐皇帝大部分是在太原登基，大部分时间坐镇太原，这对太原的佛事发展起到了极大的推进作用。特别是在石窟雕凿上留下了旷世杰作：一是晋阳西山大佛，即现在修复的蒙山大佛，高66米，比乐山大佛早162年，比云冈石窟最高佛像高出46米。二是龙山的童子寺大佛，高56米，是西方三圣阿弥陀佛、观世音、大势至菩萨像，其位置也就是现在龙山燃灯塔遗址所在地。还有一些如姑姑洞、瓦窑石窟等，可惜大多已损毁、漫漶，面目不清，唯有开凿于天龙山的北齐石窟依然璀璨。天龙山北齐时期洞窟共有3座，即东峰第一窟及西峰的第十窟和第十六窟。北齐洞窟有一个共同的特点，就是在洞窟主室前雕凿了仿木建筑式的前廊。上面雕有两个八角柱，柱下有覆莲柱础，柱头上施一道大额枋，枋上置一斗三升拱和人字形叉手。北齐造像一改东魏"秀骨清像"的飘逸风格，而追求表现人体健壮肌肉结构的写实手法。还有佛像细节上、壁画和藻井上的一些独特表现，为后代追摹北齐艺术风格，或重现北齐艺术提供了佐证和重要参照。

时间到了隋开皇元年，也就是公元581年，隋文帝杨坚的次子杨广封地太原，是为晋王。几年之后，他的属下真定县开国公刘瑞等人，为给皇室祈福，为晋王祈福，遂在天龙山开凿石窟，即东峰第八窟。隋朝的命运是短暂的，但毕竟隋朝是大唐开国的序幕，那时也许晋地早已熄灭了战火，也许晋地比较富庶，故而这个短暂的朝代虽然来不及创立自己的艺术风格，但它在天龙山留下了规模最大的洞窟。

晋王杨广坐了14年隋朝皇位之后，太原留守李渊起兵杀到长安，唐朝取隋而代之。唐代非常开放，非常强盛，在中国历史上算是存续时间较长的朝代，因此，在天龙山25座洞窟中，唐代就开凿了19座。根据唐朝的实际情况，本来还应该开凿得更多，但是，由于唐高祖、唐太宗本自姓李，他们把道家先祖李耳奉为自己的本源，所以建朝立代之后有抑佛扬道之举。晋阳作为唐朝的发祥地，应该在意识形态方面带头，这大概就影响到唐代早期天龙山石窟的开凿。到了李唐王朝执政40多年之后的显庆五年（660），唐王朝第三代掌门人高宗李治携手皇后武则天，在大唐福地的并州礼佛祭祖之后，太原的佛教信仰才同北齐一样又成为主流。

开放的社会自有开放社会的气象，但太原的地域特色就很难窥测到了。天龙山唐代 19 座石窟雕刻艺术的风格，除了个别的一些传承了北齐规制之外，大多数手法和线条都承袭着唐代浑圆丰满、"吴带当风"的典型风格。其时，天龙山石窟毕竟不是皇都祭祀工程，更不是皇家礼拜场所，一味要求它像北魏云冈石窟和唐武周龙门石窟一样雄伟宏大，就有点强人所难了。但天龙山唐代石窟雕刻技艺的成熟、表现手法的细腻、人物表情塑造的丰富鲜活，都在全国同时期石窟造像艺术水平之上，具有很高的艺术欣赏价值。

正因为有很高的艺术价值，天龙山石窟遭遇了坎坷的命运。20世纪之初，天龙山石窟引起国际学术界的关注。1908 年以来，伯尔施曼、佛利尔、关野贞、常盘大定、田中俊逸、山中定次郎、喜龙仁等不断到天龙山考察。特别是 1918 年，日本学者关野贞根据地方志记载考察了天龙山石窟，并于 1921 年在日本《国华》杂志上发表考察报告，引起轰动。随之，大量外国专家学者纷纷前来驻足考察，同时也引起不法商人的贪婪觊觎。从 1923 年至 1926 年，在日本奸商的唆使下，中国商人、天龙山圣寿寺净亮和尚等两次在天龙山石窟盗凿了大部分头像和个别整体造像，通过北京中转盗运出国。虽然 1949 年北京军管会侦破此案，抓获了罪犯，并处死了罪大恶极者，但天龙山石窟的佛像不是缺头少臂，就是整体遗失，留下了残缺之美，留下永远的遗恨。

一如敦煌宝卷被斯坦因、伯希和等人从王道士手上掠到世界各地，兴起了影响广泛的"敦煌学"；天龙山石窟造像盗运出国后，先是以各种形式流布于世界各国，继而引发了学术界的兴趣。据粗略统计，有119件石窟造像分别收藏于日本、美国、德国、英国、荷兰、意大利、加拿大和瑞士等国家的博物馆、美术馆和一些私人藏家手里，只有个别的回收在大陆和台湾的博物馆及研究机构，更有一部分造像下落不明。

天龙山石窟造像的"留洋"，引起国外研究者的浓厚兴趣与旅行家的广泛关注。日本、美国、韩国和欧洲许多国家的专家和学者纷纷撰文研究，一些造像文化艺术爱好者索性直奔石窟造像祖地考察参观。杨振宁先生就是因为在美国的博物馆看到了精美绝伦的造像展品，遂于1992年回国时专程参观了天龙山石窟，25年之后的2017年9月4日，先生以95岁高龄携翁帆再到天龙山访察。世界的关注引发国内学术圈的更强烈注意。国内专家学者围绕天龙山石窟的方方面面深入研究，编辑出版了一大批有学术价值的论文、画册和图书。特别是一些有奉献担当精神的有识之士，携手国际友人，把天龙山石窟未盗凿之前的照片和流布在世界各国的造像照片收集整理，加以展出，令观者激动万分，引起更大的轰动。

随着科技的发展和时代的进步，世界的融合和交流将不断增进。最近，听说有关部门正在和文化公司合作，拟用影像的形式，将流失海外的天龙山造像重现于世人面前。先期信息收集，以平面形式制作展板，继而可以3D打印成一比一原状，也可以制作3D电影，供游人观赏。

即使有高科技助力，这项工程也不可谓不浩大。仅以制作一比一原状造像而言，先要建500米展线的展厅；如果是制作3D电影，少不了投资一个宏大的影厅……好在历史文化旅游渐成热点，经济社会发展后财力也允许开展这些工作，但愿借科技神力、经济发达，以上美梦都能早日实现。

天龙山是美的，更是独特的。她具备一般风景园林和历史文化景区的所有要素，更有别于一般景区、在全国也是独一无二的天龙山石窟造像，仅这独特的历史文化价值和艺术价值，就值得一游一观。正因为如此，天龙山才能给游人以"路转溪桥忽见"的惊喜，也才能让人感觉到"蓦然回首，那人却在，灯火阑珊处"的心醉。

去天龙山但没有看过天龙山石窟，等于没有去过天龙山；去天龙山看过石窟，但对石窟开凿的历史和艺术没有上心，等于不知道天龙山在中国的历史地位和艺术特色。

请君细览天龙山。

读不完的晋祠

该写一写晋祠了,不然,就对不起这个百次寻访百次游的文化圣地。几十年来,每去一次晋祠,就激动一次;每激动一次,就想写点什么。可是,每每提笔,又欲说还休,总有"眼前有景道不得"的感觉。不用说,晋祠作为一方名胜,历代文人墨客题咏不绝,研究晋祠的书籍,用车拉船载形容也不为过。晋祠文脉博大精深,一砖一石、一水一泉、一草一木、一桥一路、一台一阶、一殿一祠,贯通古今,实为一本厚重的书。更不用说,它所呈现出的不同文化艺术形式,馆藏的诸多珍贵文物,不用心阅读研究,对晋祠的认知了解就只能触其皮毛。

《晋祠志》曰:三晋之胜,以晋阳为最,而晋阳之胜,全在晋祠。晋祠位于悬瓮山麓,晋水发源处,因祭祀西周初年晋国开国诸侯唐叔虞而得名。这里际山枕水,涌翠流碧;古木参天,鸟语花香;殿堂林立,庭院幽深;情景交融,人文荟萃,是宗祠祭祀建筑与自然山水完美结合的典范,也是中国古典园林历久弥新的珍品。

之所以说晋祠是中国古典园林的珍品,是因为它造园的叠山、理水、植物、建筑等要素，都是完胜的。晋祠的山不用叠筑，它本身就有悬瓮山。悬瓮山是一座历史名山，各种故事传说、遗迹遍布各处，还有瓮山石洞等。悬瓮山是一座奇特的山，李世民在《晋祠之铭并序》中曾描述此山"悬崖百丈，蔽日亏红，绝岭万寻，横天耸翠"。站在悬瓮山顶，"山光凝翠，川容如画"的古并州一览无余。有了山，就有了水，这里的水不是小水，而是大水，是智伯、赵光义分别决晋水及汾水淹灌晋阳城的大水，只不过世事沧桑、星霜荏苒，过去的善利泉和鱼沼泉渐枯，唯有难老泉还在经年不息流淌。这才有了唐朝时李白的"时时出向城西曲，晋祠流水如碧玉"，才有了古老园林生生不息的灵气和活力。

至于晋祠的草木，可能在全中国乃至世界园林景观中，都很难找到与之相比的历史长度、古老沧桑。从三千年前造园开始倒排细数，每一种北方的代表性植物都在这里安家落户。园林中，草木是营造环境、烘托建筑的，晋祠正是中国古代建筑艺术的大展场。无论是宋金元明清，还是民国至近代的本体建筑，时代顺序都很完整，古典建筑的各种样式和风格都有呈现。有古建就有壁画，就有雕塑，更有建筑门楣上的眼睛（牌匾和楹联），这些艺术形式随着建筑的肇创而绘制镌刻，自然呈现出千姿百态、风情万种的艺术风格和特点。

作为中国祠庙园林之典范的晋祠，不仅各种造园元素齐全，更主要的是它的园林景观古老奇迈，遍览域内园林景点，出其右者甚少。中国先秦地理著作《山海经》载:"悬瓮之山,其上多玉,其下多铜,其兽多闾麋,晋水出焉。"试想那时的晋阳故地,水草丰茂,田园肥美,乡民耕织稼穑,植木造园,已谱写出灿烂的人文华章。1500年前,北魏地理学家郦道元即在其专著《水经注》中写道:"其川上溯,后人踵其遗迹,蓄以为沼,沼西际山枕水,有唐叔虞祠。水侧有凉堂,结飞梁于水上,左右杂树交荫,希见曦景。"稍晚的北齐魏收在《魏书·地形志》中也说:"晋阳西南有悬瓮山……有晋王祠。"这些记载都说明,至少在1500年前晋祠就存世了,那么,比这更早之前是否就有唐叔虞祠即晋王祠的建筑,或者有其他的祭祀建筑?不得而知,但现在圣母殿北侧苗裔堂前的齐年柏已近3000年。3000年前即是西周时期,以人作比,真可以说是寿比南山。齐年柏它确实有些苍老,苍老得站立都那么困难,不得不扶靠身旁1500年历史的撑天柏,方能仰看云卷云舒。无独有偶,在东岳祠前,还有一棵与齐年柏同庚的长龄柏,树冠约300平方米,苍古突兀,乔树耸干,根如铜铸,磊柯多节,森梢若茅,虬枝盘铁,半枯半荣,有若团鹏,乡民皆曰,树冠上可以找到十二生肖的生动形象。除了这两棵西周时期的古树,还有关帝庙内的汉槐、东岳祠东的隋槐。

在晋祠博物馆里,唐宋时期的古树随处可遇,元、明、清时期的古树星罗棋布。和这些古树幽会,就如同接触不同朝代的人祖先贤,又恰似穿越遥远辉煌的烽燧古道。不是妄言,这些古树名木年龄都是经过C14交叉定点消除误差法科学测定的，没有一棵是虚报和冒名顶替的。晋祠300年到1000年以上的古树还有很多，一棵古树就是一本纪年古籍，它们关注着人间的冷暖，记录着历史的巨大变迁。

古树生命不可违，古建魂魄继世长。晋祠的古建筑也是在历史的潮起潮落中，不断重修、重建和添建的。最早的当然是唐叔虞祠，这在《水经注》里就有记载。现存者，则是元、明、清不断翻修、扩建而成，过殿内的乐伎塑像仍是元代作品。祠庙中的献殿规制，一般均系明清时期始有，但圣母殿前配置的献殿，则是金大定八年（1168）就已建成，殿亭结合，木构卯榫，唯晋祠独有，这便为圣母殿增添了无比的威仪和尊崇。圣母殿是晋祠的主殿，殿内供奉的是西周时周武王的妻子、姜子牙的女儿邑姜，她是周成王和唐叔虞的母亲。大殿创建于北宋太平兴国年间，迄今已有1000多年历史。殿内围廊是我国现存古建筑中"副阶周匝"的最早实例，前廊中八根柱子上的木雕盘龙，也是最具特色的中华龙崇拜杰作。大殿采用的"柱升起""柱侧角"营造法式，增强了建筑的曲线美和稳固性。大殿是宋代建筑的优秀代表，1961年就被国务院公布为第一批全国重点文物保护单位。圣母殿前的鱼沼飞梁，根据史料披露，应该是北魏之前就有了，历代多有修葺，现存只不过是材质的更换和品位的提升，论功能和规制，仍然是祠庙建筑的孤例，应该也是立交桥梁的始祖。至于晋祠博物馆里的其他古建筑，无论是殿堂楼阁，还是亭台桥榭，或古朴典雅，或精致雄迈，都掩隐在古树名木中。沿着曲道林荫中的标识用心阅览，你总能找到你想要看到的不同朝代不同风格不同样式的佳构杰作。

说说晋祠的镇馆之宝和它最经典的陈列。唐太宗御碑正是晋祠的镇馆之宝，碑刻和晋祠有着直接的联系。李世民18岁随父亲在晋阳起兵时，就和父亲李渊到唐叔虞祠祈求过神灵保佑。公元646年李世民48岁，东征高丽凯旋后重游晋祠，抚今思昔，感慨良多，为报神恩，便有了这块涉及晋祠历史渊源和唐朝贞观之治内容的《晋祠之铭并序》碑刻。这块碑集史学、文学、政治、书法价值于一体，代表了李世民晚年治世的政治思想主张和杰出的书法艺术成就。晋祠幸矣！除了这块碑，还有代表晋祠艺术标高的宋塑。圣母殿共有45尊彩塑，除了3尊为后来补塑的以外，其余42尊，皆是北宋元祐二年（1087）之前的作品。塑像如真人大小，比例准确，姿态自然，依宋代宫廷"六尚制"塑造，是我国现存唯一反映宋代宫廷生活的彩色雕塑。雕塑人物完全摆脱了南北朝以来宗法礼教和神像程式的束缚，富有浓郁的生活气息和鲜明的人物个性，45个人物各司其职，她们的身份、性格各不相同，但经雕塑大师之手，充分展现出人物的精神世界和灵魂。梅兰芳先生参观后大加赞赏："一笑一颦，似诉人生。"雕塑家钱少武先生评价："晋祠这种雕塑是现实主义艺术的伟大杰作。这种深入性格的刻画，这种微妙造型的能力，在北宋以前是远未达到的，即使我们放眼世界，在欧洲文艺复兴时代也未达到。"雕塑大师刘开渠先生评价晋祠的宋塑："是古今中外历史上最伟大的雕塑作品之一，是我国雕塑艺术宝库中的珍品，在我国雕塑史、美术史上占有重要的地位。"

其实，晋祠还有一处藏在深闺人未识的馆藏，只不过千百年来，它和晋祠并未建立直接的联系，但如今珍藏在晋祠，压箱底儿。它就是唐代的《华严石经》，这是世界上目前发现的唯一石刻《八十华严经》。《八十华严经》的翻译、弘扬，以及作为石刻存在，都是由女皇武则天一手促成的，她还为之作序，是典型的皇室主办的国家工程。熊晋先生的文章《晋祠藏华严石经探微》，把《华严石经》的保存传承及沧桑经历叙述得颇为明白。原来，《华严石经》在晋阳刻好后，安放在晋阳古城西风峪的寺庙专设石经藏院内。但之后唐武宗下诏灭佛，众僧舍命把它移放入寺庙地洞内，并放火烧了上面的建筑以作掩护。清康熙五年（1666）初，学者朱彝尊入洞考察时，发现此经共126通，诗曰："一百二十六，石柱刻作经。会须抉风峪，移匿水边亭。"并撰写有《风峪石刻佛经记》等文章。1940年秋，侵华日军将大部分石经盗挖出洞外，准备劫运回日本。在当地爱国人士的全力交涉下，将已挖出洞的《华严经》石刻转移。1947年，残存部分《华严经》被阎锡山军队修筑碉堡使用。1949年后，人民政府大力收集到了大部分石经，整石加残石130块。此后在"文化大革命"期间，还有损失。

《华严石经》清初始发现于太山脚下风峪沟，故又名《风峪华严石经》。1982年专建了碑廊，把96通余碑供奉展示于晋祠十方奉圣禅寺。《华严经》石刻对中国佛教的建宗立说、传译经论及佛教经典的保存与传播，具有十分重要的历史价值，是融佛学、史学、文学与书法于一体的珍贵文物。冥冥之中，《华严经》石刻和《晋祠之铭并序》碑刻，在晋祠博物馆内南北互映，既昭示了唐朝和晋阳的密切关系，又加重了晋祠博物馆的文化分量。在晋祠一个专题就是一个重大课题，一个课题就需要一个研究团队，而晋祠这种既经典又深邃的馆藏和实物、专馆和专题还有不少，都在等待人们去认识、观赏和解读。

晋祠，作为奉祀晋国始封诸侯唐叔虞的祠堂，从建祠开始，悠悠千载，物换星移，始终是我国宗祠祭祀建筑与自然山水"天人合一，物我相融"的园林景观的经典。它的真山真水，古木参天，殿阁林立，宛如唐诗宋词所吟诵不尽的创作源泉；它的清丽俊逸，皓首苍颜，古色古香，恰似一幅精美绝伦的恢宏画卷；它的丰富馆藏，精美展品，完整序列，正是中华文化精髓的历史典藏。

晋祠，一本厚厚的书！

佛道相生兴龙山

中国一般层面的教宗流派，能在一个空间里和睦相处、共生共荣的，似乎能举出一些个例；真正高品位、高规格的真人高僧还能同声相应、同气相求地生活在一个山头，那可能还要数古晋阳的龙山了。

龙山和古晋阳相对峙，背靠吕梁山，面临汾河水，似一条青龙飞舞盘旋在崇山峻岭之中。龙山在秦汉之前，就是并州已有文字记载和民间传说的文化之山。南北朝时期，高僧宏礼于北齐天保七年（556），主持修建起宏伟壮阔的童子寺，并在寺后雕凿了佛教石窟，在寺旁石崖上镌镂出横空出世的摩天大佛，肇建佛阁，并在广场上琢造出纯石构件的燃灯塔。由于北朝时期兴释崇佛，加之当时童子寺的规模和职级，寺内僧、尼一时俱增，香火旺盛。每逢重大祭祀，寺内广场灯火辉煌，光映十里晋阳。

隋统一南北朝时间不长，很快就成为李唐王朝的天下。李渊父子起兵晋阳，在夺取天下、建朝立国的过程中，曾得到道教教团势力的鼎力相助，加之同为李姓，因此，尊老子李耳为圣祖，确定道教为国教，重排三教次序，以道为先，就不足为奇了。虽然这一国策后来在全国大部分地区并未全部贯彻执行，但太原毕竟是李家王朝的策源地，在这种背景下，道教建筑和偶像雕凿，已然就在龙山隆重开始。在肇建规模宏大的昊天观时，就雕凿了两龛道教内容的石窟，现在排序的第四、第五窟，供奉着道教创始人和唐代著名道士。宋金时期，太原地区战事频仍，民不聊生，龙山作为文化的高地，不管是道教福田的昊天观，还是佛教圣地的童子寺，香火逐渐式微，僧众道士生活难以为继，直至寺观焚毁。蒙元帝国的兴起，对龙山文化的振兴似乎是个契机。先是丘处机，虽其"化胡"目的未能达到，但是的确得到成吉思汗对道教的赞许，并下诏免除天下道院、道士的一切赋税，并赐以虎符、玺书，命丘处机掌管天下道教。于是道教掌门广发度牒，建造宫观，一时教门四辟，道侣云集。元太宗六年（1234），丘处机的高徒宋德方游学太原来到龙山，重建了昊天观，大规模修凿石窟。经年累月，栉风沐雨，精雕细刻，实现了功德伟业。石窟风格朴实庄重，看每尊人物造像，衣饰简洁素净，褶皱分明细腻，活灵活现，栩栩如生，带有明显的蒙元风格。"修葺三年，殿阁峥嵘，如鳌头突出一洞天也"。元统一中国后，佛教地位日尊。至元十八年（1281），元世祖忽必烈下令焚烧道藏及伪妄经文，全真教遭受重创，佛教由低潮转为兴盛。这一时期，门庭冷落的龙山童子寺恢复重建，四处流浪的僧人开始回到寺院，僧众大增，香火再盛，佛事活动紧锣密鼓，与残存道观里的道士们琴瑟和鸣。

龙山是一曲佛道联奏的和谐交响。从北齐到元明，历经数百年修建，形成了前山为道、后山为佛的基本格局。佛道同山，和谐共荣，佛音道乐，联奏共鸣，即使在元初道教全真教盛行时期，童子寺也没受到明显的冲击，更没有被道人占据；后来兴佛灭道，昊天观的道士依然受到童子寺和尚的尊重。明清两次重修童子寺，竟然都是由道士主持；而昊天观在毁、修之际，道士也往往借住童子寺。共居龙山的童子寺僧众和昊天观道士互帮互助，各司其职，创造了龙山文化的辉煌与壮美。

龙山的文化确实高古不凡。北齐建造的童子寺及大佛，不要说在当时已名振晋阳，按现代发达的统计学来比对，它的历史和影响在全国乃至全世界也是数得上的。《北齐书·唐邕传》记载天保十年（559），文宣帝高洋亲自登临童子寺礼佛，盛赞大佛的威仪和雄伟。唐显庆五年（660），高宗李治携皇后武则天巡幸晋阳。据《法苑珠林》记载，皇帝皇后礼佛童子寺，寺中那座高一百七十余尺的大佛给皇帝伉俪留下深刻的印象。两人"礼敬瞻睹，嗟叹希奇，大舍珍宝、财物、衣服"，并指示并州长史窦轨等"速庄严备饰圣容"，还要求"开拓龛前地，务令宽广"。回驾长安后，皇帝皇后依然对大佛念念不忘，命内宫赶制巨大袈裟，并于龙朔二年（662）专使驰送并州，敬献童子寺大佛。童子寺大佛披上袈裟后，"从旦至暮，放五色光，流照崖岩，洞烛山川"，一时间，"道俗瞻睹，数千万众"，轰动并州。如果说，皇帝巡幸并州一事表明了童子寺在太原历史文化上的标高，那么，从现存的龙山道教石窟来看，则能更直观地感受到它的历史价值和现实意义。龙山道教石窟，除了现在排序的第四、第五窟是大唐王朝兴盛之初，在皇室崇尚道学的背景下开凿之外，其余一、二、三、六、七窟是元初丘处机教主争取了成吉思汗的恩许后，由他的高徒宋德方主持开凿的。其余八、九两窟则为明代修凿。特别是元窟全面展示了宋元时期所尊崇的全真道的具体形态。石窟内有虚皇老子、三清尊神、王重阳卧化像、七真像和宋披云及其弟子辩道造像。从艺术手法上看，有圆雕、高浮雕和浅浮雕三种形式。藻井上用了浮雕和彩绘两种形式。图案则有二龙戏珠、五龙图、双凤图、双鹤图和飞天图，是我国元代石刻的代表作。

从龙山文化的创建来看，无论是佛教圣境还是道教造像，都是在非凡的时代由非凡的高人主持完成的。它经历过辉煌，映照着历史。然而，或铁血战火，或自然灾害，或人为祸患，龙山的国之瑰宝毁了又修，修了又毁，反反复复，魂脉依然，赓续不断。

由于龙山石窟在道教史上占有举足轻重的地位，是中国现存规模最大、题材最丰富的道教石窟，并填补了宋元之交中国石窟艺术的空白，1996年，龙山石窟被国务院公布为第四批全国重点文物保护单位。20多年后，鉴于龙山童子寺遗址区（从北齐至唐代）是国内首次发掘的集摩崖大佛、石窟和地面建筑于一体的山地佛寺类型，其中北齐佛阁是我国目前所见最早的实物，为探讨唐代寺院佛阁建筑渊源提供了直接证据，佛阁内北壁唐代加固的叠涩台座上发现的唐代佛龛壁画，属盛唐时期绘制，是中原地区保存年代最早的壁画，非常珍贵，因此，2019年10月被国务院公布为第八批全国重点文物保护单位。无论是佛教的童子寺还是道教的龙山石窟，它们在历史上有过耀眼的光芒，今日仍然是国字号级别的文化标识。

如今的龙山，虽然已不复过去的容颜，但是却谱写出更精彩的续篇。作为过往历史文化的遗存，现在该保护的已保护，该修复的已修复，该重建的已重建。不变的仍然是秦砖汉瓦，收藏的依然是唐碑宋碣，延续的还是那梵音玄乐。今天去游览童子寺，你脚踏的还是北齐的石阶石条，看到的仍然是盛唐的石窟石像。龙山石窟内，历经岁月风霜遗存的石像，顽强地呈示出当年的风韵光彩，被盗凿劫掠的残像当然让人伤心，其残缺之美仍会给你别样的审美补偿。令人欣慰的是，现代科技已经可以搜索出残像所有缺失的信息，如果继续加持，运用3D立体打印技术，完全可以恢复其历史原貌。元代宋德方肇建的昊天观由于地震而圮毁，明朝内宫畅英重修，清朝又因战火被焚。而今在政府的高度重视下，得以原址恢复。同样的格局，同样的风格，昊天观在今日龙山重放光辉。继续前行，你会惊奇地发现，昊天观内原有的两棵唐槐，现在更粗壮，更高大，更雄奇。自然的,昊天观门前原有的"龙柏",比元初凿窟时更沧桑,更朴茂,更神奇,龙山,连同它的历史文化遗存,终得在盛世与草木同安。

龙山本身就是一幅风景优美的画卷,进入龙山犹如进入一域悟道养心的禅境。龙山石窟的山体,像一尊出水的鳌头,在它的身后和左右,衬托龙山美姿的还有丁香谷、桃花谷和锦绣谷。顾名思义,都是各具特色的花草乔灌木,绿波起伏中,点缀着些许飞檐翘角的亭、台、廊、榭。连接这些景观建筑的又多是斗折蛇形的盘旋石阶。朝朝代代,它们和龙山一样共同沐浴着时风惠雨、朝露夕霭,一起倾听着暮鼓晨钟、佛号经声。年年岁岁,它们相约展示着春的芳华、夏的绚丽、秋的烂漫、冬的静谧。日日月月,它们一起渲染着龙山历史的古老和悠久,衬托着龙山文化的深邃和博大。

高古不凡说太山

太原人喜欢讲历史,一讲到一两千年前,脸上就溢出光彩。事实也确实如此。位于太原城区西南20千米,古晋阳城通往陕甘宁驿道风峪沟旁的太山,追根溯源,就能找到太原历史的辉煌。

太山三面环山,一面带水,形异势妙,曲径通幽,按中国传统堪舆学来讲,实属一处风水宝地。太山的景致也确实很美,同时也形成一个区域性的小气候。春天山花遍野,竞相怒放;夏天鸟语蝶舞,古树阴翳;秋天红叶满山,五彩缤纷;冬天雪花飞舞,银装素裹。太山的龙泉寺坐北朝南,依山势而建,高低参差,错落有致;殿堂楼阁,小巧玲珑;碑坛廊榭,自成格局。1949年后,保存和修复的有大雄宝殿、佛祖阁、观音堂、文殊殿、普贤殿、莲花宝洞和龙神祠等。但这些明清以来的建筑和龙泉寺相比,实属小巫见大巫。

唐代的太山龙泉寺,与周边的天龙山石窟圣寿寺(原名天龙寺)、蒙山大佛开化寺和龙山石窟童子寺,集中展现了唐时晋阳城的佛教盛况,而太山龙泉寺尤为突出。从地理位置来讲,太山龙泉寺紧邻古晋阳城,历代佛门信众晨钟暮鼓、祈祷诵经极为方便,这自不必说；太山脚下的唐代名将李存孝墓，则说明了太山龙泉寺的尊贵。

李存孝，代州人也。"存孝猿臂善射，身披重铠，囊弓坐矟（音朔，长矛），手舞铁楇（音国或垮，又名"挝"，音抓，一种抓枪，长二丈四尺；一种抓子棒，无刃而有铁爪，都有击抓之作用），出入阵中，以两骑自从，战酣易骑，上下如飞"，"每战无不克捷"。民间谚语"王不过霸，将不过李"，就是说称王的好汉中，武艺没有一个超过西楚霸王项羽的，称王的英雄将领中，武艺没有一个超过"十三太保"李存孝的。将一代枭雄封葬于太山脚下，作为"门神"或"守护神"，足以说明当时龙泉寺在古晋阳佛教界的地位。

太山龙泉寺在当时佛教界有相当的社会地位，规模亦很宏阔。现在的龙泉寺里保存有一块唐碑，碑额盘龙戏珠，龙体交错，石碑整体气质淳朴浑厚，有典型的初唐风格。只是它的一半掩埋在地下，地上的一半风吹日晒，文字漫漶，基本上看不出碑刻的内容，这便淹没了无比重要的历史信息。但从碑的规制来看，是目前全国范围内发现的、继武则天无字碑和唐玄宗孝经碑之后的第三块唐碑。在气象宏博的唐朝，在宗法严谨的时代，任何犯上作乱的行为都是不允许的。一定规制的巨碑必然要有与它相匹配的场景，也必然要与它周围的建筑相协调。事实也确实如此，据史料记载，太山龙泉寺共分上、中、下三寺。从地形来讲，也可称东寺、西寺和中寺。这样的规模，在当时可以说是绝无仅有的。

说太山龙泉寺一千多年前的不一般，这并不是空口说禅。有时候一个无意所为，便打捞出历史的惊鸿。2008年5月8日，太山文管所消防蓄水池年久渗水，遂开挖修缮。上午10时左右，突然触碰到了坚硬的石板，再挖，又挖出石条、石块等物。之后，竟然出土了一个"石门"。根据历史记载和考古测探，久藏的太山龙泉寺唐代佛舍利塔地宫终于被发现！地宫的发现，不仅整理出一千多年前的五重宝函，还发现了石函最核心层金棺里的佛舍利。这个震撼人心的发现，不仅为研究中国的文化史、宗教史、社会史、经济史和科技史提供了弥足珍贵的资料，也印证了龙泉寺建寺之初的规模和等级。一个寺能建一座佛塔，佛塔里还建有地宫，地宫里还珍藏着五重宝函，宝函的金棺里又供奉着佛舍利。试想，全国数以万计的佛教圣地，有几处能有这样的殊荣？太山龙泉寺当年的辉煌耀眼，可想而知。

龙泉寺的辉煌，衍生出好多故事，也附着了烟云迷茫的传说。有人说唐高宗李治在武则天的陪同下，曾到过太山东坪，登望都阁，瞻晋阳城。关于此事，史书上并无记载，与建寺的时间也不搭界。但有一条是肯定的，唐显庆五年（660）雍容华贵的武则天确实陪伴高宗李治衣锦还乡到过并州。据《法苑珠林》记载，李治携皇后同游开化寺并礼佛童子寺。童子寺中那座高"一百七十余尺"的大佛，给皇帝伉俪留下了深刻的印象。两人"礼敬瞻睹，嗟叹希奇，大舍珍宝、财物、衣服"，并下令并州长史窦轨等"备饰圣容"，还要求"开拓龛前地，务令宽广"。回长安后，皇帝皇后依然对大佛恭念不忘，命内宫赶制两件巨大袈裟，并于"龙朔二年"专使驰送并州，敬献开化寺大佛和童子寺大佛。童子寺大佛披上袈裟后，"从旦至暮，放五色光，流照崖岩，洞烛山川"，引得"道俗瞻睹，数千万众"，一时轰动并州。讲到此，武则天到没到过太山龙泉寺并不重要了：一是显庆五年（660）皇帝和皇后到并州主要是礼佛，而开化寺和童子寺的大佛足以彰显代表。虽然天龙山圣寿寺亦有石窟，但那里的造像规模弱于前两寺，皇帝皇后不是也没去嘛；二是太山龙泉寺以寺庙建筑规模见长。如果说龙泉寺始建于唐景云元年（710），那么离李治夫妇"幸并州"已经过去了整50年，而此时，武则天已于载初二年（691）登基，为武周皇帝，至神龙元年（705）执政14年。及至先天元年（712），便是唐玄宗李隆基的天下，已开始酝酿开元盛世了。再想，在这样的时代，作为盛唐北都的太原，作为晋阳城最近的圣山佳地，要肇建一处礼佛人的心灵硅谷，它的辉煌、鼎盛和精致就可想而知了。

在佛教盛行的唐代，能体现太山地位的，还有位于太山脚下风峪沟的唐代华严经幢，它是目前唯一发现的历史最久的石刻《华严经》（《八十华严》）版本。《八十华严》的翻译及其在中国的弘扬，是由女皇武则天直接促成的，华严石经更是在她一手推动下实施的。

清初康熙年，著名学者朱彝尊在好友傅山的引导下到山西调查访碑，才于风峪沟太山山洞里发现了此126通经幢。而今，晋祠所藏风峪《华严经》因女皇武则天的大力推崇，日益彰显出其毋庸置疑的佛学价值、书法艺术价值和文物价值、历史文化价值，太山作为唐代以来佛教圣地的崇高地位，更是显而易见无须争辩了。

当年的太山龙泉寺确实很繁盛，有东寺、中寺还有西寺。当年的龙泉寺规格也很高，即使武则天"幸并州"并没有上过太山，但文水是武则天祖地，并州是唐朝的龙兴之处，更何况其时是武则天当政的年代，又有贞观之后和开元之时的经济基础，太原人也应该给武周皇帝一个天大的面子。于是并州官府和民间富家倾其全力，历经数年，也许十数年，完成了太原史上、也许是中国宗教史上砖木建筑的鸿篇巨制。现存李存孝墓寝、唐代巨碑、舍利塔基座地宫里的金棺舍利和唐代华严经幢，以及东坪、西坪和中寺的状况，都透露出唐时龙泉寺建筑群的规制和风致。

历史就像滚滚洪流，不断激扬着人类的创造。在否定之否定中，推动着社会的进步，叠加文明的记忆。太山龙泉寺建成五百年后，毁于金元时大火。明洪武二十四年（1391），执着信仰的并州百姓，又策划重建龙泉寺的中寺，是谓"太山寺"。之后，人为损坏，自然灾害，随毁随修，至20世纪末的遗存，成为当代太原人的印象。

21世纪，是中华民族伟大复兴的时代，也是实现中国梦的历史契机。发展经济,增强国力,弘扬传统文化,加强文旅融合,满足审美理想成为时代的主题。2014年7月,太原市启动了宏大的太山景区修缮保护工程。历经4年多,首先修整出西坪,规整出旅游坦途,栽植了树木、草坪,整理保护了历代舍利塔林,形成一处园林式的景区。再就是综合治理了中轴线(即唐时中寺)上的龙泉寺。新建了牌楼、山门、弥陀殿及配殿、碑廊等唐代风格建筑。对大雄宝殿、龙神祠等原有建筑加以修缮保护。重塑装鎏了弥陀殿、大雄宝殿、佛祖阁和龙神祠等建筑内部的造像,新绘了墙体上450多米长的壁画,中寺建筑群的规制和品格进一步完善提升。

综合治理龙泉寺的重点是东坪。

东坪就是唐代肇建之初的东寺,也许它和中寺所连接的舍利塔五百年后是一起损毁的。其时应该是北方的金元时期,少数民族征战攻掠,不会顾及这些宗教信仰,更没有富裕的财力来架构属于社会意识形态的精神大厦。时间又过去了近二百年,到朱明王朝,国家相对统一,及至明洪武二十四年(1391)这才有了重建龙泉寺的善举。鉴于那时社会的状况,只局限性地恢复了过去龙泉寺里小小的中寺,更多被毁建筑只能以遗迹形象沉睡在历史的尘埃里。时间又过了六百年,历史进入21世纪的当今,同根同宗的民族,同源同脉的文化、国泰民安的社会和干事创业的年代,才有了今天重新面世的金碧辉煌、雕梁画栋的东寺、舍利塔和望都阁。

太山东坪上的东寺确实很宏伟，其规制近似于历代皇家寺庙，超越所有民间寺庙的仪轨。从第一重的寺前广场到龙王庙和钟鼓楼，从第二重的大雄宝殿到文殊殿和普贤殿，从第三重的藏经楼到必备的经房堂舍，以及殿后一般黉庐别业所特有的精舍院，规制严整，品格高雅，唐风晋韵，古色古香，而寺庙里的塑像，完全都是楠木雕凿的，不管是多高的佛像，都是整木雕成。细节精工，讲求个性，敷以原色，栩栩如生。整个东坪建筑里的佛教文化偶像群，俨然山西新建的一座木雕博物馆。

从中寺到东寺的衔接处，恢复新修的地宫、舍利塔比唐代初建时更伟岸。保护修缮中，对唐地宫原址原样保护，在地宫之上新建了盛唐风格的舍利塔。舍利塔塔基规模宏大、金碧辉煌，用65吨纯铜打造而成。地宫里，塔基四壁墙面和藻井都是黄铜浮雕，以画面呈现佛教故事，纯铜雕砌的塔基须弥座，金光灿灿，彰显着龙泉寺的贵气和福运，地宫因之成为太原地区佛教文化的小小博物馆。塔基内分上下两层，下层为唐代地宫，上层展示六重宝函。地宫里陈列着五重函棺和舍利子，正门内为释迦牟尼卧佛像，身长4.91米，全部用黄铜铸造。东坪东侧制高点上的望都阁，是独立的景观建筑。因为无资料查对，到底唐时有没有望都阁，到底武则天"幸并州"有没有到过太山的东坪，这些现在看来都无所谓了。现实的景致已经满足了太原人特别是晋源香客们的心理期待，也圆了初建龙泉寺时并州官民慰藉同乡女皇的愿望。

每当入夜，华灯绽放，也不知是现实的晋源城的夜景映红了太山，还是太山望都阁的灯光映红了山下的晋源城。从某种意义来说，望都阁的修建，弥补了因地质条件变化已不可能恢复的龙山童子寺及其燃灯塔。想唐代高宗皇帝共皇后参巡童子寺，所看到的，应该就是这样城山互映、辉煌吉祥的景象。

龙泉寺的唯美，还表现在当初太山景区修缮保护、综合治理时对龙泉寺整体绿化。绿植是景区的底色，林木给建筑带来生气。正因此，过去数十年间挖煤开矿、破山炸石造成的疮痍得到治理。特别是龙泉寺里的园林化景观设计，独具匠心，开建之初就规划栽植了大量成年的松柏和翠竹。如今放眼望去，近处是映出天际线的碧瓦红墙各式建筑及其上的瑞兽祥禽造型，远处则是漫山遍野随山势起伏荡漾的绿波，游人在山道台阶上往返徜徉，各种鸟禽在耳边婉转啼鸣，祥云缭绕，飘然而过，俨然置身世外桃源、佛国仙都矣！

龙泉寺，终于又显现出其唐代建筑风格的辉煌，也展现出唐时并州在全国宗教文化方面的至高地位。太山景区的修缮保护，不仅移植恢复了中华民族传统文化的许多样式和元素，同时，也让太原人倍添历史的自豪感。

盛赞太山龙泉寺！

一尊大佛的身前背后

一尊巍峨庄严的巨大佛像，数百年间神秘地消失于人们的视野之外；曾受众多香客顶礼膜拜的大佛，因此而超然物外，宠辱不惊地独处荒野，默度沧桑。突然有一天，一位老人在查阅了半个世纪的资料，追寻了几十年佛踪后，终于在一个山环水绕、风光秀丽的山坳里觅得大佛的印迹。老人激动得下跪了，感激涕零。他抚摸着大佛苍劲斑驳的伟岸身躯，浮想联翩，心底涌起无边的怀古幽思。这尊大佛曾经有过怎样的辉煌与沧桑？千百年来它在沉默中目睹了多少王朝的更迭与人间的悲欢？它那两扇如轮大耳听到过多少庙堂的私语和市井的喧嚣？它那硕大智慧的头脑中，封存了多少未曾载于史籍的重要信息？假如大佛能开口，那些让史学家百思不得其解的历史悬案和谜底，或许竟能一朝而大白于天下！

老人不算老，其时58周岁。他叫王剑霓（1925—2013），山西省忻州市车道坡村人，副研究馆员，曾任太原市南郊区地名办副主任等职。正是在地名办任上，他记起小时候听祖父说过太原西山有大佛，还听过许多相关故事。大佛何在？无人能解。找到大佛、破解传说谜团的强烈信念，促使王剑霓早早切准了工作点。

关于大佛，《北齐书》的记载是，"凿晋阳西山为大佛像，一夜燃油万盆，光照宫内"，这"宫"指的是著名的晋阳宫，遗址在晋源镇古城营村九龙庙一带。王剑霓根据这段记载，猜想晋阳西山即太原西山。但西山上的天龙山天龙寺、龙山童子寺、蒙山开化寺三处都有佛，到底哪个才是真正的"西山大佛"呢？跋山涉水，千辛万苦，严格按照史料，王剑霓先后否定了"西山大佛"在天龙山或龙山的说法，最终于尘封之中找到了位于蒙山的真正的大佛。王剑霓攀岩至巨佛颈部位置向东南方望去，可见 20 里外的古城营村，如果夜晚"燃油万盆"，定能"光照宫内"。史料记载与田野考察吻合，千年悬案得解，王剑霓激动不已。综合各种史料与田野考察，他撰写了《晋阳西山大佛遗迹找到了》一文，发表于《地名知识》1983 年第 2 期上。

大佛为释迦牟尼坐像佛，坐北向南，比例匀称，线条流畅，头部虽已不见，仅从身躯构造来看，仍能感受其恢宏气势。可以断定的是，以 1400 多年前的社会生产力水平，开凿这样一座气势恢宏的摩崖石刻佛像，绝对不是一件轻而易举的事情。据传，明初永乐皇帝朱棣在"靖难之役"后，曾派人在紫金山上凿制了一块史无前例的巨型石碑，准备将其立于孝陵，以彰表其父皇朱元璋的丰功伟绩。然而，万事俱备之后，却因碑材太重无法搬运，且耗资太大难以承受而作罢。这块巨碑迄今仍横陈于山巅之上。可见，即使是在封建皇权至上、统治者为所欲为的历史背景下，大兴土木的作为往往也要受到社会客观条件的制约。那么，北齐的统治者为何要倾举国之力来开凿这样一座石佛像呢？恐怕与太原这块富饶肥沃的土地分不开，与佛教对当时社会主流意识形态的影响分不开。当然，也侧面印证了统治集团的摄政能力。

纵观世界宗教发展的历史，我们不难发现这样的规律：宗教在其原创及早期传播阶段，往往都会遭遇国家意识形态的歧视与打压；直到统治集团认识到宗教对于现实政治的实际价值，态度才会转变。佛教并非中国原创宗教，它是凭借了东汉皇室给予的文化特权才得以进入中国的。最初所呈现的，只是宫廷性和文人圈子性的神秘面目，并不是社会性的开放姿态。佛教自东汉明帝传入中国后，楚王刘英率先斋戒祀佛，汉恒帝又在宫中开设浮屠之祠，佛教教义逐渐在上层社会传播开来。魏晋时期，政局风云多变，社会动荡不安，现实矛盾促使统治集团的精英阶层重新反思社会与人生的重大课题。他们看到传统的儒、道哲学并非解决一切社会难题之灵丹妙药，作为新的解释解读方式，佛教以其独特的优势和神奇的吸引力，从根本上有利于国家和社会，有利于再一次构建与不平等利益分配制度相配套的社会心理秩序。

于是乎，那些因愤世嫉俗而寄情山水、纵酒放歌的玄学名士们纷纷谈佛论道、遁入空门。这些人多出自世家望族，有政治背景而无衣食之忧，平素以天马行空、旷达无羁为风尚，蔑视权臣和礼法纲常。"建安七子"之首的孔融，虽系孔子20世孙，终因多次嘲讽曹操而被加以"违天反道，败伦乱理"罪名杀害。继其后而名闻天下的"竹林七贤"，以"弃经典而尚老庄，蔑礼法而崇放达"相标榜，拒入仕途，放浪形骸，其领军人物嵇康，倡导"越名教而任自然"，结果因得罪权臣被杀。从南到北，无数矛盾为宗教传播提供了温床，玄学名士遁世出家成为求得精神解脱的唯一出路。释道安、支道林、竺法深、释慧远等佛门高僧与谢灵运、王羲之、殷浩等清流名士过从甚密，谈天论佛，切磋教义，思想活跃，文化多元。南朝梁武帝甚至把佛教宣布为国教，并三次到同泰寺出家当和尚。"南朝四百八十寺，多少楼台烟雨中"，南京城中仅有的一处夫子庙，与480座佛寺比邻而居，足见南朝佛教何等盛行。

北朝时期，太原已是中原农耕文明与北方游牧文明冲撞交汇的前沿，随着三个少数民族政权在并州地区的确立，太原逐渐成为多民族融合与北方贸易的中心区域。而这一阶段，北朝统治的开放、创新，也正是佛教在山西境内迅速发展的动因。著名高僧佛图澄得到后赵石勒政权的大力支持，在山西境内弘扬佛法，广收门徒，魏晋时期佛门高师名僧多出其门下。与释道安齐名的高僧法济、支昙、慧远、法显、昙鸾等都是山西人。雁门楼烦（今山西崞县东部）人慧远，与鸠摩罗什一起被后世佛界奉为泰山北斗。平阳人法显则是中国历史上赴印度、斯里兰卡访学的第一人，著有《佛国记》。东魏时期代县僧人昙鸾是净土宗的开山鼻祖之一，东魏孝静帝称其为"神鸾"，日本佛界称其为本师，并尊山西交城玄中寺为祖庭。

佛教的繁荣直接推动了寺庙建筑的发展。有关资料显示，北魏、东魏、西魏皇室出资筹建寺院约47处，王公大臣筹建寺庙约830余处，民间出资筹建寺庙约30000余处。这一时期的佛像，多广额、高鼻、长眉、丰颐，极似鲜卑人体征。体态衣纹多劲直，形象肃穆，身躯雄伟健壮，显示出游牧民族粗犷剽悍的豪放气质。

东魏、北齐是太原地区佛教传播和寺庙兴建的高潮阶段。北魏永熙元年（532），高欢灭尔朱荣，在晋阳建丞相府，坐镇晋阳前后15年。迁邺以后，晋阳城仍然是高氏政权的政治、经济、文化中心。高欢父子笃信佛教，在晋阳城周边地带兴建了许多规模宏大的寺院和石窟群落。东魏末年，高欢摄政时在天龙山开凿了数孔佛窟。高洋称帝后，在晋阳周边大造佛像寺庙，从天保二年（551）到皇建二年（561）之间，先后兴建了晋阳开化寺、崇福寺、童子寺等，多依山刻石，缘岩凿室，规模宏大，气势磅礴。这一时期，包括太原地区在内的北方佛像群雕，往往呈现出皆大欢喜的理想化和谐美景。统治阶级正是借助宗教及其艺术作品，来催眠百姓的个体意识，使其淡忘现实的苦难，顺从所谓"天命"的安排，心甘情愿地面对人生的一切痛苦与不幸，并把所有希望寄托于来世的轮回和石雕所描绘的西方净土。事实上，作为外来宗教的佛教及其石雕艺术，的确以一种"潜移默化"的方式发挥了精神麻醉剂的作用，帮助了人数上并不占优势的鲜卑、羯、氐等游牧部族在黄河流域长达几个世纪的统治。这或许也是魏晋南北朝佛教长盛不衰、佛雕石窟层出不穷的奥秘吧。

蒙山大佛便是在这样的背景下面世的：统治者为了使臣民俯首帖耳，保自己安坐天下；学士们为了营造精神家园，寄情山水；老百姓为了寻找寄托，期待安慰，大佛成为时代人群共同的偶像。

史实是，公元551年，北齐开国皇帝高洋在邺城（今河北省临漳县境内）建都，把晋阳（今太原）作为"别都"。高洋性格自负、生活奢侈，不仅把远离邺城的晋阳城修得气势雄伟，还计划扩建东魏时期在晋阳西面山上建立的大庄严寺，并依山就势开凿一尊天下无比的大佛。为建大佛，高洋征集天下工匠，日夜不息。高洋死后，其子高殷即位，工程规模愈发扩大，直至公元557年高洋的第五代孙高纬执政时，大佛才得以完成，取名为"西山大佛"（今名蒙山大佛）。于是有了《北齐书》记载："凿晋阳西山为大佛像，一夜燃油万盆，光照宫内。"意思是说在西山大佛上点亮万盏灯，足能照亮山下的晋阳宫。有推算说，"西山大佛"（今名蒙山大佛）高度比肩今已被炸毁的阿富汗巴米扬大佛、乐山大佛，高度上居第二，但是蒙山大佛雕刻的年代，却比四川乐山大佛还早162年，是世界上最早的露天摩崖石刻大佛。

大佛落成，见证了半个多世纪之后大唐取代隋朝义旗的升起。泱泱大唐帝国的威仪与强盛，不仅改变了东亚地区的国际政治格局，其如日中天的辉煌，也让整个世界为之瞩目与惊叹。因为，当中国历史进入隋唐，便有一种成熟气象弥漫在历史的时空。这是一种大成熟，一种万千气象的大成熟，犹如人之壮年，犹如秋季的稻田，充满了魅力，充满了精气神，充满了丰收的景象。内政是成熟的，德、刑的调用，达到了炉火纯青的地步；外交是成熟的，文、武的张弛，进入了得心应手的阶段；制度是成熟的，三省六部、科举考试的推出，奠定了政治的基业；文化是成熟的，诗赋、艺术的创造，涌现了一批出神入化的人物；经济是成熟的，均田、租庸的匹配，成就了殷实的社会……所有这一切，汇成了无与伦比的超一流综合国力。这个综合国力，于青史居了巅峰，在东方执了牛耳，给世界提供了难得的范本。

大佛有灵，它在空寂中打坐默祷50余年后，迎来了空前绝后的历史繁华，自己也得享短暂殊荣。

回顾隋唐历史，我们清楚领教李渊的政治见识与过人睿智。他到太原做留守之前，就已看出隋朝大势已去，遂萌伺机而动之心，才有了和宇文士及"夜中密论时事"的故事。任职太原伊始，文水富商武士彟（武则天生父）力劝其举兵反隋，李渊一笑置之曰："幸勿多言。"转而又说："深识雅意，当同富贵耳。"这时李靖和刘文静等人都已看出李渊有"四方之志"。隋炀帝南下江都以后，李渊断定时机已经成熟，悄悄对李世民说："唐固吾国，太原即其地焉。今我来斯，是为天与。"

据传，起兵之前，李渊曾择日祭拜了大佛，当晚即得一梦，梦中竟见佛光普照，一位金甲神将飘然而至，手执一面"唐"字大旗，耳边隐隐响起浑厚的声音："得晋阳者得中原，得中原者得天下也。"李渊从梦中惊起，未敢声张，暗中却坚定了起兵的决心。隋义宁元年（617）五月，李渊在晋阳起义堂祭旗誓师，传檄天下，直捣长安。此事虽无正史可考，但从稗官野史的角度看，不仅为大佛披上了一层神秘面纱，也使李渊起兵太原之举更具"替天行道"的色彩。当然，由此出发似乎也更易于理解，为什么唐朝的主流意识形态与佛教会结下那么深的渊源。

当时间指向大唐显庆五年（660）的时候，唐朝第三代掌门人高宗李治携着百媚千娇的皇后武则天，一路风尘仆仆来到大唐帝国的发祥之地太原。他们徜徉于晋阳的青山绿水之间，但绝不敢流连忘返，因为他们的行程安排并不宽松。不仅要去北都晋阳古城缅怀父祖的丰功伟绩，去文水慰问皇后的家乡父老，而且还要瞻仰大佛，表达对佛祖的崇敬与虔诚，祈求佛祖对大唐江山社稷的关爱与佑护。

面对如山岳一般伟岸的大佛，帝、后二人"礼敬瞻睹，嗟叹希奇，大舍珍宝、财物、衣服"，并令并州长史"速庄严备饰圣容""开拓龛前地，务令宽广"。回到长安后，立即责成内宫制袈裟两件，派专使驰快马飞送并州，敬奉大佛。袈裟上装饰的金银珠宝异彩纷呈，"放五色光，流照崖岩，洞烛山川""道俗瞻睹，数千万众，一时轰动并州"。

面对如此盛况，如此盛情，沉默的大佛是否会为之动容？它是否会因在冥冥之中庇佑了唐国公李渊一举得天下便心安理得地享受其子孙臣民的祭祀香火和顶礼膜拜呢？它那深邃悠远的眼神是否已经从过眼烟云的繁华移向喧嚣之后的凄凉晚景，并为人间的炎凉世态和风云多变而唏嘘嗟叹呢？

寺院经济的无限膨胀和僧侣地位的极大提升，使佛教与皇权政治发生了重大而尖锐的矛盾冲突。唐武宗即位后发出一声怒吼："穷吾天下者，佛也。"于是，大规模的禁佛毁寺运动风起云涌，僧尼还俗，寺产抄没，各地庙宇拆毁殆尽。奇怪的是周围的殿阁虽已失修破败，但大佛却毫发未损。唐武宗死后，在唐宣宗的扶持下，佛教又渐渐复兴。唐乾宁二年（895），晋王李克用竭河东之力，5 年用工 30 万，重修大佛阁。五代后晋开运二年（945），北平王刘智远又修佛阁。直到元末战乱，终于寺毁阁倾，残砖破瓦和山间泥石掩覆了佛身，显赫了 800 年的大佛从此埋没荒野，销声匿迹。

当大佛再一次睁开佛眼看世界时，脚下的土地已经在全球化的浪潮中步入令人目不暇接的信息时代。开放的姿态，迎来八方来客，或投资经营，或学习考察，或观光礼佛。和谐文化建设的提出，全社会大力弘扬优秀传统文化，打造地方文化特色，尊重知识、尊重文化、尊重历史成为新时期的新时尚。面对唐国故土翻天覆地的变化，大佛慨叹之余或当报以慈祥的微笑。如今，沧桑斑驳的大佛依然端坐于风景秀丽的石崖间，依然还是那样的庄严、安详、仁慈、神秘……

这便是新发现并经过修缮的距太原西南 20 千米，屹立于有 2500 多年历史的晋阳古城西边山崖间的蒙山大佛。

赤桥怀古

走进晋阳古城边的赤桥村,两千多年前社会变革的撕裂和金戈铁马的嘶鸣,似乎仍在耳边隐隐作响。不知是不愿面对那座曾经弥漫着腥风血雨的石桥,还是担心惊扰了悲情英雄豫让的千古忠魂,残破的庙宇与岑寂的古槐无声矗立于绵绵细雨之中,具有史诗价值的实物元素石桥也层层叠埋于街巷之下。

无缘瞻仰豫让的威仪,且叩问历史,英雄魂归何处?

走进《史记》,在司马迁的刺客列传里,共记载着五位著名刺客的事迹:有的是受人之托,有的纯粹是一种职业或喜好,有的则是为了名利和后代。曹沫是鲁庄公的将军,作为一名职业军人,既有管仲缘情理而谏说,又有齐桓公权利害而宽容,使曹沫身名两全;专诸受雇刺杀吴王僚,既有公子光想自立为国君的考虑,又有公子光对其封妻荫子的许诺;聂政行刺韩国宰相侠累,虽干净利落,但仍没摆脱酒肉朋友"献百金"之干系,逞了屠夫之勇;荆轲倒是历史上最悲壮的刺客之一,他的临危不惧、镇定自若、大义凛然、视死如归被后人所敬仰,但他似乎更像一个十足的游侠。唯独"豫让刺赵"，却是典型的古道热肠的士人所为。

豫让是晋国人，侍奉智伯，一直到赵襄子联合韩、魏消灭了智伯，瓜分了智伯的疆土。作为一国之君的宠臣，理应"士为知己者死"。于是豫让暗下决心，要为智伯报仇。豫让第一次行刺赵襄子失败将被反杀时，赵襄子说："他是义士，我们小心注意一点就是了。智伯死后没有继承人，有家臣想替他报仇，这家臣是贤人啊！"赵襄子赦免了豫让。但豫让的心很难平静，他已抱定死志，赦免并不意味着可以苟活，他必须耐心地筹谋，寻找新的机会。过了不久，他浑身涂漆，吞炭声哑，连妻子都认不出他来。有朋友劝他不要采取这样的方式，不如暂时委身侍奉赵襄子，然后见机行事。豫让固执己见，埋伏在赵襄子外出必经之桥下，实施第二次行刺。刚动手，马受惊，赵襄子就判定行刺者必是豫让。果不其然。豫让自知这次必死，复仇之心归于平静，他从容地赞美了赵襄子的宽仁，然后要求赵襄子脱下衣服，让自己在衣服上象征性地刺几下。赵襄子觉得可气又可笑，但也为豫让的执著而动容。豫让拔出宝剑，在赵襄子的衣服上刺了几下后说："我可以此报答智伯于九泉之下了！"然后以剑自杀。

豫让伏剑自刎，血染石桥，中华历史变革中的又一义举在高亢激越的锣鼓声中徐徐落幕。从此，石桥由于英雄的鲜血溅染而成为中华侠义史上的一块玉，而中华村则因为豫让的"斩衣三跃"而大放光芒。豫让的壮举，完全是发自内心对义的价值追求，出自对知己君主的回报。他不是扶危救困的侠客，更不是意气用事的刺客，他是完全脱离了低级趣味、不计名利的义士。他的行为自始至终都洋溢着忠良诚笃的侠义，饱含着高尚精神的追求。他的爱与恨、生与死，坚毅而纯粹，他完成了一个天地可鉴的完美人生轮回。

　　自古三晋多义士。在豫让刺赵之前，还有一个忠贞不贰的义士，那就是介子推。介子推割股奉君，不为名利，最后远离朝臣，义死绵山，成为后人祭奠的偶像。无独有偶，还是春秋时期，屠岸贾对赵盾满门抄斩，家臣程婴将自己的孩子作为替代，保护了忠烈的后代，义薄云天。秦汉之后，关羽的出场，更是如日中天，光芒四射。由于历朝历代对关羽的顶礼膜拜，使关羽成为近乎完美的义士化身。但一种精神的传承总有它的历史源头。细细寻绎三晋义士群像的精神脉络，豫让堪称一个原点。他所秉持的"士为知己者死""义不贰心"的信念，从一开始就成为义士价值取向的典范，历久而弥新，他所选择的"三跃刺衣"和血染石桥的悲壮，逐步衍化为士人的崇高标准。

　　从某种意义上来说，"士为知己者死"是儒家文化的一种理想，也是每一个士人心灵深处始终飘扬着的一面旌旗。知恩图报渐渐成为中华传统文化特定的行为规范，并深深积淀成这个古老民族的优秀品质，每一个热爱自由、追求平等、扶弱济贫的中国人身上都流淌着"士为知己者死"的精神血脉，它与主流的儒家思想共同构建了中国士人的精神家园。正是这种追求心灵完美的内驱力，使"士为知己者死"的精神，成为我们这个民族几千年来所尊崇向往的人生境界。

细雨绵绵，苍山如黛。薄雾氤氲着的赤桥村，仿佛是历史时空中迟暮的老人。我们在残破的豫让庙里寻觅当年的遗迹，哪怕是壁画里他的人生踪影和故事传说；面对古槐，目力所及，只承望能计算出它的年龄，是否见证过豫让的壮举；试问赤桥，你是否承载过历史的崇高、聆听过先贤的对话、因袭着豫让的亘古精神？古村庄静默，赤桥无语。它经历了远古的血雨腥风，目睹了唐风晋韵的煊赫繁华，也和似水流年的朝代结伴同行。满村斑驳的古槐，庇荫着代代子孙，一街鳞次栉比的古建房铺，记载着时代变迁的音符。唯有晋水悠悠，驿道悠悠，赤桥的历史气息悠悠，滋润着历史传人焦渴的心田……

文瀛湖水荡千秋

就内涵和品味而言，太原的公园恐怕要数文瀛公园为首。提起文瀛公园，大多数人恐怕还不太熟悉，这不能怪大家。正如一个独生子，或者一个家庭里的长子一样，家长、长辈太爱他，太亲昵，时不时地总要给他换个新名儿。名儿多变，就难以"著名"了！文瀛公园正是这样，其初始名字就是文瀛，后来叫成中山公园，没过几年又改称新民公园，接着又换成民众公园，解放后改名人民公园，1992年又被定名为儿童公园，不同时代的印迹，直接体现在文瀛公园的频繁更名上。进入21世纪以来，全社会才开始重视历史文化传承，重视物质和非物质文化遗产的保护，2009年，在太原市人民代表和政协委员的呼吁下，文瀛公园复归历史本名：文瀛。瀛，大海，文瀛是不是可以解为"文化之海"？太原的市景，既有双塔（文笔），又有文瀛（文海），揣想中，文瀛公园初始之名，充分表明了原命名者的文化情怀，隐隐透露出太原人对海的向往，及追求文化的格调。

太原市民如此挚爱文瀛公园，是因为它深厚的历史积淀。从山西来说，除了隋开皇十六年（596）内军将军、临汾县令梁轨主修的新绛"绛守居园池"之外，文瀛公园应该就是山西省现存宋代以来园林的遗珍。我们知道，赵宋王朝登场以后，便水淹火烧晋阳城。之后，潘美在唐明镇基础上重筑太原城，文瀛公园正是东城朝曦门的所在地，湖水是当时的护城河，东岸一丘土岗，犹如金鸡独立，遂称金鸡岭。每天它最先接受朝阳的沐浴，傍晚又最后作别夕阳，终日阳光照耀，金光灿灿。明初扩城，岭与湖均被圈于城中，每至夏秋，湖水荡漾，气吐虹霓，美其名曰"巽水烟波"。明末清初时，圆海子泛滥成灾，清朝太原知府王觉民又捐银治理，与长海子疏通，导于南城墙下的古水口，进入护城河。贡院临湖，应试举子常在此聚集游览，一裴姓通政萌发雅兴，题湖名曰文瀛，此地、此湖便以文瀛名而传扬。清末民初，也是文瀛公园繁盛时期。周边建有皇华馆、贡院、市政所、教育馆、佛教会、自省堂等文化公益建筑，北广场的"劝工陈列所"很快成为山西进步人士集会的场所，被称为"太原公会"。湖北的桥头街，则是书店一条街。

民国以来，文瀛湖又成为山西革命要地。1912年9月，孙中山先生访晋并在劝业楼前演讲，宣传辛亥革命，推动实业立国。1921年、1924年，高君宇两次从北京到太原文瀛湖畔的省立一中筹建社会主义青年团，建立中共太原支部，和贺昌、王瀛、彭真等传播马列主义，领导学生运动。1937年，周恩来副主席于自省堂前做报告，号召山西人民坚定信心和决心，投入抗日斗争。在公会广场，太原民众还曾多次举行声援五卅、抗日宣誓和牺盟会成立等集会，留下了辉煌的革命印记。湖畔曲径多过客，波光潋滟映故人。一湖文瀛水，半部太原史。

文瀛公园，历史悠久，底蕴深厚。它的每一个建筑或代表了一个时代，或托举着一个重大事件，隐藏着丰富的文化信息。状元桥是南北湖之间的分野，也是东西岸沟通的捷径。之所以称为状元桥，是因为桥上行走的人，多是从袁家巷到贡院参加考试的学子，以名兆吉。现在的桥体虽为 1952 年重新修建，规模亦不震撼，但其细致浑朴的风格，同当年学子的身份还是很相配的。说到贡院，那可不是一般的场所，它是朝廷举行科举考试的地方。你可以从皇华馆的建筑一窥贡院的重要性。皇华馆现在虽然破败，仍不失当年的豪华威仪，它是接待皇帝派来主持科举考试的主考官们居住、办公的场所。1903 年废除科举，时代嬗变，贡院几经周折，1913 年改称山西省立第一中学校，经过五四运动的洗礼，该校成为山西共产主义运动的策源地，也就是现在公园内的彭真生平暨中共太原支部旧址纪念馆。劝业楼，即为现在的孙中山纪念馆。始建于清光绪三十一年（1905），是一座中西混合式二层建筑，基本框架为硬山式砖木结构，体现了当时主政者的思想风貌和社会变革之时的文化气象。建成之后，就成为太原劝工陈列所和集会场地，万众欢呼的孙中山演讲就在此地。1930年开始建设的万字楼是国内现存最完整的飞檐砖木结构建筑，1937年落成。因其建筑格局俯视呈"卍"字形，故称万字楼。由时任山西督军的阎锡山为振兴山西文风并为其父祝寿而建，屋顶和立面造型采用了传统的仿清式歇山顶和柱廊，其结构形式和门窗则采用了西洋样式，无论其建筑形制还是雕刻图案，都有较高的历史和艺术价值。

1950年3月12日始建、1951年3月7日建成的革命烈士纪念碑，代表了山西省第一届各界人民代表会议代表的意志，纪念碑本身的文化含量，也让人啧啧称道。首先是毛泽东、徐向前、薄一波的题词，都是盛年之作，都应该是他们本人最有代表性的书艺作品。其次是碑后面的碑记，由著名书法家田润林先生书。我看了碑文，也查了这位先生的资料，他应该是民国赵铁山之后山西最有影响力的书法家之一。还有碑顶上的铁艺雕塑，应该是典型的现实主义和浪漫主义杰作，创作者张怀信和段联奎应该受到我们的尊重，其铸造师秦善庆应该纳入铁艺非遗传承人名录。

公园内最具文化意象和艺术高度的，还应该是半壁长廊。长廊内镶嵌着《崇德庐帖》39块和由我省著名书法家赵望进所书的《蒙学千字铭》28块。《崇德庐帖》石刻，由阳曲县回族鉴藏家李希择选家藏法书墨宝，于咸丰二年（1852）至五年（1855）集刻，收历代名家钟繇、褚遂良、苏轼、黄庭坚、米芾、王铎、傅山、康熙皇帝及柯璜等17家法书真迹，书体各异，风格多样，各臻极致。一座公园，如果没有不同艺术的样式，没有不同文化的个性，很难彰显它的品位和气质，也很难体现它的特立卓异。文瀛公园具备了这些要素，并因此而优雅高古。遗憾的是，在公园的长期演变中，总有一些该保留的没保留下来，公园周围增建了一批高层建筑，未免太煞风景。

品评公园，还得从园林角度饶舌。文瀛公园以湖为主，水景交融，小是小了点，但是它的人文积淀、构园造景还是很有韵致的。瀛海览翠这个景点，应该很有历史，而且登高环视，整个公园尽收眼底。它上边的琉璃砖塔虽然是舶来品，但玲珑精致、青翠欲滴，作为清代的建筑精品，1959年它从东米市新美园迁移至此，既提升了文瀛公园的景致标高，且与邻近的曲桥、凉亭相映成趣。南湖曲苑荷风景区，夏风来临，在曲桥上行走，宛若身临江南胜景，荷红叶绿、鱼游蝶飞，莺飞草长，微风如薰，疑入蕊宫琼苑。东岸的柳樱夜话景区，顾名思义，是樱花的天地，不管花开花谢，都不失为一个私密幽静的处所。步道逶迤，山石嶙峋，草木隔篱，桌案列陈，谈情绵若福地，聊天妙如洞天。梦幻文瀛景区就更有点园艺韵味了。虽然是平面造景，但曲径围栏，小桥流水，绿树红花，草地小品，如果能遇上人工喷雾，水雾氤氲，虹霓若现，游人如入仙境。还有一个景区叫曲水流芳，当然这不是传统的流觞饮酒之地，而是借山水来逸情索趣，虽为人工所造，但有山野之况味。正因为历史积淀深厚，造园制景的因袭、借鉴和创新手法的丰富性，文瀛公园既有江南园林之精致灵秀，也有北国风情之雄奇狂放，美哉，太原园林之遗产。

  一个公园走过了几个朝代。从宋以来，太原重造城池，便有了海子边、文瀛湖的雏形，它见证了历史的演变，见证了时代的变迁，见证了共和国的辉煌，我们应该进一步呵护、延展和丰富这个老祖宗留下的文脉。

迎泽公园

生活在当代的太原人，很少没去过迎泽公园的。如果你是20年或30年前去的迎泽公园，那还是"大跃进"时期，甘于奉献的太原市民通过义务劳动，挖湖、植树、筑园，建起了朴素的园林；如果你是5年或10年前去的迎泽公园，看到的就是市场意识活跃、商业气息浓厚的游乐大卖场；如果你最近一两年没再去过迎泽公园，那就赶紧安排个时间专门去品味品味。听一位研究中国园林的长者说，现在在中国的北方，包括"三北"地区，除了北京的皇家园林颐和园外，堪比苏州园林的，就数太原的迎泽公园；还听一位文化界的领军人物说，迎泽公园的夜景，更值得一观。过去人们常说，上有天堂，下有苏杭，现在就景色而言，应该说，上有天堂，下有太原的迎泽公园和苏杭。果真如此吗？我饶有兴趣地专程游了几次，回味之余，确实感觉迎泽公园今昔大不同！

迎泽公园的美，首先美在建筑。建筑是园林的灵魂。在迎泽公园，除了以前的经典建筑藏经楼、晋商会馆之外，还新改造、充实了好几组建筑和若干小品，把个迎泽公园打理得满是文化。不是亭台楼阁，就是廊坊轩榭，甚至还把几千年前唐尧时期的观象台，也复制仿造搬了进去。这样的建筑样式进入园林范畴，在全国的造园工程中还很少见。迎泽公园的建筑不唯形式多样，而且风格鲜明，清一色的明清建筑，突显着民族特色，连卫生间、工作用房也都和过去的庙堂一样，硬山式、悬山式、歇山式、卷棚式等等，应有尽有。楼阁中的庑殿式屋顶、攒尖式屋顶、十字脊屋顶、穹窿圆券顶等，各呈异彩。还有一殿一卷式勾连搭、带抱厦式勾连搭等建筑形式，俨然一座明清风格民族建筑的博物馆。建筑形式和建筑风格是设计层面的效果，而建筑品质和建筑氛围则是造园者的匠心独运了。映入游人眼帘的一砖一瓦，让你处处感觉舒服；一石一柱，处处都是那样熨帖。进入建筑群，你好像置身于"半亩方塘一鉴开，天光云影共徘徊"的古代书院，似听到琅琅书声；跃上阁楼，你且感受"把栏杆拍遍，无人会、登临意"的游目骋怀之趣；雨中小憩廊阁，你会联想到"小楼昨夜又东风，故国不堪回首月明中"的孤独。斯地美矣，美若琼楼玉宇。

绿植是园林的底蕴。迎泽公园开建时就种植了很多树，如今几十年过去，每棵树上都能找到历史和时间的刻度。现在的迎泽公园，在原来的基础上，又增植了很多树，差不多包含了北方所有的树种。特别是培植多年的油松，现在还用铁丝和夹板校正并固定着，或金鸡独立，或成片成林，百年之后，它们都可能成为迎客松、蟠龙松，要么就是龙凤呈祥或百鸟朝凤的造型，一棵树就是一个风景。如果说，名贵树种是分布园中的耀眼月亮，那么，见缝插针的灌木则是背景绿化的满天繁星。灌木坚韧耐寒旱，不仅有极强的绿化效果，而且不同品种、不同时节的花开花落，都会给园内带来阵阵芳香。同时，灌木的造型效果也很特别，一棵灌木就是一个盆景。迎泽公园的美化效果也很明显，春夏竞芬芳，处处皆风景，是对园林美学的生动诠释。出入迎泽公园，你总会看到不同品种的花卉在争奇斗艳，不同园圃的鲜花在盛开怒放。至于四季有绿，旧有或新植的云杉、侧柏、桧柏、龙柏、雪松、油松、白皮松、华山松和樟子松，犹如昔日王谢堂前燕，而今满园皆已是，处处涌动着绿色的脉动，体现出新的园林气质。迎泽公园的造园理念更加人性化，顺应原来的形格势禁，通过充分的绿植营造，不仅增加了更多静谧的田园野趣地，还新添了不少隐逸的曲径通幽处，让人流连忘返。

　　道桥是园林的骨骼，它联系着一个个景点和活动区。迎泽公园的桥廊和曲径，形式多样，缜密精巧。原来的七孔桥和拱桥就很漂亮，现在由于水面水系的优化和延展，又增加了好几座桥，有单孔桥，有梁桥，也有拱形廊桥，还有观荷栈道、水榭和码头，徒步或摇船穿越，俨然身临江南水乡。和桥廊连接的都是曲径，不是通往楼台景点，便是走向花圃密林，一条和一条都不一样，有的是用砖瓦混合铺地，有的是用鹅卵石铺成。不管用什么材质，都是用不同颜色构成的各种吉祥图案。越沟过坎，则一色青石筑成的台阶。在这样的环境中，你会想到"花径不曾缘客扫"，也会想到"小园香径有人来"，非常的幽静，也异常的优雅。行走在这样的幽径里，很容易让人产生迷失的感觉，不是"踏破铁鞋无觅处"，便是"众里寻他千百度"，处处有诗意和情趣。

迎泽公园最具传统文化样式、最有看点的还有建筑上的匾联。中国古代建筑，楹联是标配。楹联犹如一双双亮晶晶的眼睛，明示着提升着建筑的艺术格调。一匾一联本身就是一件艺术品。迎泽公园的建筑都是明清风格，楹联的题写者，绝大多数是明清和民国时期的风云人物，或是当年破万卷书、行万里路的政治人物，移植他们题写的楹联，搭配他们那个时代的建筑风格，默默之中有一种因缘巧合，也是一种气韵相通。无论是言情状物，还是哲思励志，都反映了他们宏阔的格调和高迈的境界。到迎泽公园游览，重点是看景点，看景点的主要对象是看建筑，对建筑功能性质的理解，那就要看匾联了。"道在圣传修在己，德由人积鉴由天"（翁同龢）；"每逢大事有静气，不信今时无古贤"（李鸿章）。

其实，要享受迎泽公园的艺术美，最好还是看夜景。夜晚是迎泽公园的幕帘，灯饰是对迎泽公园的艺术加工。夜游迎泽公园，因精心布置的灯光照耀，无论你站在什么角度，无论你处于何方，都宛若置身仙境。那一片片水面，像美术作品中的留白，像高山间流动的云雾，在它们的渲染下，那高低错落、钩心斗角的建筑，宛如金碧辉煌的宫殿，那桥梁曲径就是雕栏玉砌的天路了！那湖水泛波，林声轻语，霓虹灯光漫溯，共同成就了这一云雾缭绕的仙境。这时，你会感到迎泽公园就是嫦娥游走的天宫，就是玉皇大帝主政的天庭，就是八仙驻足的蓬莱仙岛。其实，仙境就是劳动人民的艺术创作。迎泽公园的夜景则是在大自然的日月轮回中，借助现代化的灯饰，神笔巧构、删繁就简、概括提炼、强化主题而呈现的。可以说，迎泽公园的夜景，就是人和大自然携手共绘的艺术杰作。

迎泽公园很美，美在造园的美学原则运用得当。一条非对称的中轴线，仍然是北大门对着藏经楼，藏经楼直达晋商会馆。在这种安排下，西部灵动，东部朴茂，南部锦绣，北部宏阔。在造园布局中，疏密有致，开合自如，虚实适度，欹正得体，浓妆淡抹总相宜。

太原的桥

水和桥相连，有水就有桥，水多桥就多，水大桥就大。一座桥便是一种地方文化的集合体，它将建筑、艺术与科技、历史相融相谐，成为中国传统文化的重要载体。在社会发展的重要阶段，桥梁又是城市建筑空间格局的枢纽，作为沟通人类交流的空间构筑物，桥梁在城市化、市场化的进程中发挥着十分重要的作用。

著名的桥梁往往作为城市历史的一个转折点而存在。世界各经济发达城市，都各有其标志性的桥梁。在人类历史上，诸多城市的扩张，往往是以新的大桥落成为标志。14世纪的布拉格、佛罗伦萨，16世纪的威尼斯，17世纪的巴黎，19世纪的纽约、伦敦和圣彼得堡，20世纪的悉尼、旧金山和上海，都是这样扩容扩张膨胀起来的。

太原同样如此。自战国时代起，太原就有了造桥的历史记载。1996年太原市有关部门普查数据表明，太原境内的古桥梁有数十座之多，分别是御桥、蒲淤石桥、沈公桥、东济桥、龙顺桥、城濠桥、永宁桥、龙桥、天龙桥、小龙桥、石龙桥、彩虹桥、广利桥、豫让桥和鱼沼飞梁……不过，这些桥的遗存和遗迹，绝大部分是在古晋阳城内，及古晋阳城外山郊野岭的溪水河流上。它们对当时晋阳城居民的交通出行和领地扩张起到了很重要的作用。此后赵宋王朝的火烧水淹，不仅毁掉了晋阳古城，连同它的古老桥梁也全部湮灭。

当太原在唐明古镇掘地重建的时候，因为规划设计的城市在汾水以东，几条由东向西的季节性河流或者在城北或者在城南的远郊荒村，城内没有水系，当然也就没有造桥的必要了。当时也有小桥流水的景观，但那只是愉悦皇家贵族生活的小摆设，其盆景式的建筑物与市民的交通出行、生产生活基本上没有太大关系。至于城市本身的生产生活，特别是河西地区老百姓的进城往返，就只能靠汾河上的渡船了。

太原市的经济社会发展，和旧的社会制度对中国的统治一样，一直停留在一个固定的模式上。自宋以来，虽然有朝代更替，但没有生产力和生产关系的突变，因此，交通出行、城市规模和经济指数都没有大的变化。自然，能够通行车辆的桥梁尤其是通行汾河的桥梁从来没有架设过。太原建城2500年，有像样桥梁的历史只不过百年。20世纪30年代日军占领太原后，日伪政府为了战争和掠夺的需要，在汾河上修建了一座70孔钢筋混凝土排架式矩形桥，俗称"洋灰桥"。"洋灰桥"全长700米，桥宽6米，其中车道5.5米，仅容一辆汽车通行，桥的最大荷载只有12吨。该桥1942年10月开工建造，次年7月竣工通车，是当时连接汾河两岸的唯一通道。

中华人民共和国成立后，市政府把河西地区规划为工矿区，中央部署在山西的几大工业项目，大都安排在河西。经济要发展，交通需先行。1954年1月1日，历时一年的迎泽大桥竣工通车。这座钢筋混凝土悬臂式桥梁全长480米，车行道宽12.4米，是中华人民共和国成立后太原市人民政府在汾河上修建的第一座大桥，也是当时全国最长、最美的公路桥，因而赢得了"华北第一桥"的美誉。迎泽大桥落成后，与它毗邻的"洋灰桥"同时保留，作为上行的非机动车道继续使用。迎泽大桥的建成通车，极大地满足了当时的经济社会发展需要，方便了人民群众的生产生活。但是，随着时间的推移和城市规模的扩大，尤其是新的城市规划的需要，通行了40多年的迎泽大桥显然已不适应这个日新月异的时代了。20世纪90年代中期，在太原市区汾河南北已修建了几座大桥的基础上，市政府又决定对汾河市区段的迎泽大桥加以改扩建。1997年10月1日，新改扩建的迎泽大桥通车。它包括东西立交引桥和主桥，全长970米，主桥长511.6米，宽50米，分八条机动车道、两条非机动车道和两条人行道，是当时国内城市内河桥梁中最宽的一座。

必须说，太原市国民经济恢复时期的经济发展，在全国还是属于领先地位的。其时工业经济突飞猛进，工业原材料和工业产成品进出都离不开汽车短途运输，迎泽大桥显得独力难支。1969年，在太原市区北部北大街与新华街干道之间的汾河上，又开建了胜利桥，

1970年竣工。胜利桥设计为双曲拱桥式，有浓郁的民族风格。胜利桥负荷大，用料省，工期短，形式美。胜利桥的建成通车，缓解了太原市的交通压力，增强了河西和河东工业企业之间的联系，降低了运输成本。为了方便城南交通，进一步提升战备能力，太原市于1971年在老军营南内环开建汾河隧道。隧道下面的河床地质情况复杂，施工十分困难，建设者们克服重重艰难险阻，终于在1973年建成通车。汾河隧道虽然是单车通行，但在那时也大大方便了城市南部的交通。

考察汾河大桥建设的历史沿革，就能生动感受到太原发展变化的脉搏。1988年建成南内环桥，2007年改造扩建，实现了滨河东西路互通。1992年建成柴村桥，2009年再加改造，当年实现了北郊区河东河西互通。1992年还建成开通了漪汾桥，将府西街、桃园一巷连接，开通到河西的漪汾街。根据城市现代化进程要求，1993年建成管线桥，专供非机动车辆通行。根据太原重心南移的总体规划，2001年建成长风大桥，全立交互通，双向十车道，是市区第二条东西向交通主轴桥梁，造型雄伟壮观。2003年纪念太原建城2500年，市文化部门在创作《太原赋》时，有感于汾河太原城区段已架起的10余座造型各异、风格独特的桥梁，曾以"长虹卧波""波撼并城"之句予以赞颂。

其实，随着太原城市建设的南移西进、北展东扩，在汾河城区段架设桥梁的力度更大、步伐更快。桥梁设计的艺术性、地域文化色彩和现代化理念更加突出。1998年,太原市筹建环城高速公路,分别于1999年建成南环跨汾河大桥,于2002年建成西北环跨汾河大桥。2008年建成柴西公路大桥。2010年又分别建成南中环大桥和祥云桥。2013年,建成了连接学府街和长风商务区的太原首座景观步行桥即跻汾桥。同年建成通车的还有北中环桥。为了迎接"二青会",完善城市交通设施,2018年太原市又在城区南部汾河桥梁建设上放大招,相继开建三座依次排列的造型各异的通达桥、十号线桥和迎宾桥,可谓太原造桥史上的大动作。同年在汾河畔的(红灯笼)体育场旁边,还建成了第二座人行景观桥。

如今,太原随着经济发展的持续给力,城市建设步伐的加快和民生环境的极大改善,无论是公园湿地、市民广场,还是九水绕城、一湖点睛,处处精彩;环城高速、高架立交和快速路上,处处皆桥。有心人曾进行过统计,新中国成立70年来,从北郊裂石咀汾河进入尖草坪区,到清徐县境汾河流入晋中市,这一段城区汾河上的桥梁建设,就有漫水桥、铁路桥、高速路桥、综合交通桥、管线桥、隧道河坝和人行景观桥等等共计31座。真可谓:

    两千多年晋阳城
    汾水中分不相通
    自从解放创伟业
    座座大桥风雅颂

保存晋阳古城的记忆

城市是一种历史文化现象，是一个民族连续绵延的记忆载体，每个时代都在城市建设中留下了自己的痕迹。一座城市多元的物质文化遗产，是这个城市悠久的历史记忆和外显的文化标志，是不可复制的"文化资本"。保存城市的记忆，保护历史的延续性，保留人类文明发展的脉络，是人类现代文明发展的需要。今天，一个城市的物质遗存和非物质文化遗产愈丰富完整，也就愈能凸显这个城市深厚的历史底蕴，愈能彰显这个城市的文化个性。

立足太原这片热土，我们不禁为其物产丰富、人杰地灵而自豪，为其历史悠久、文化灿烂而骄傲。太原，古称晋阳，始建于公元前490年，是中国省会城市中少数几个建于春秋时期的古城。秦汉以来，太原成为中国北方的军事、经济重镇和文化、商业都会。从韩、赵、魏"三家分晋"到李渊父子起兵兴唐，从北魏、五代各民族大融合到明清晋商叱咤商界，在这块古老而神奇的土地上，演绎了一幕幕气势恢宏的壮丽诗篇。这里曾是中国九个朝代的国都和陪都，这里曾走出过高欢、李世民、狄仁杰等著名政治家和王之涣、王昌龄、元好问、罗贯中、傅山等伟大的文人学者，豪杰辈出，人才荟萃，有"年谷独熟、人庶多资、经济富庶、人才辈出、控带山河、踞天下之肩背"的盛誉，又有"锦绣太原城"之美称。

然而曾经是"天王三京，北都居一"的盛唐"太原三城"，毁于赵宋；曾经是"崇墉雉堞，壮丽甲天下"的明清太原城，重创于侵华日军与阎氏城碉防卫战；医治战争创伤的建设免不了还有大拆大建；更不用说"文化大革命"期间失之有效保护，多受愚蠢摧残。

太原城历史上屡遭破坏，数度兴衰，迄今留存下来的众多历史文物、名胜古迹，流传下来的名人轶事、民风民俗等，都表明这个城市悠久的历史、灿烂的文化。

太原现有国家和省市级重点文物保护单位92处，晋祠、双塔永祚寺、蒙山大佛、龙山道教石窟、天龙山佛教石窟、崇善寺、纯阳宫、北齐壁画墓群等众多文物古迹，艺术精湛，弥足珍贵，驰名中外，被誉为"华夏文明的瑰宝"。

近年来，城市化进程加速和大规模的城市建设，对文化遗产带来前所未有的冲击。一些城市将文化遗产看作经济社会发展的阻碍和累赘，片面追求新、奇、怪的建筑风格，"千城一面"以及文化的缺失和特色的消亡，已成为制约城市建设和发展的顽疾。一些历史特征鲜明的城市或街区，正在被庞大的新建筑群所淹没；旧城开发造成"建设性破坏";建筑设计缺少文化内涵,建筑的民族传统、地方特色不断失落。不合理的利用开发使文化遗产受到伤害,日益加剧的"商业化""人工化""城镇化",严重干扰着文化遗产的存留。城市的文化个性悄然遗失,原有格局被毁。长此以往,留给后人的只能是一个没有文脉没有历史记忆的"空心城市"。

城市现代化不仅意味着完善的基础设施、良好的生态环境,更要有深厚的文化底蕴和内涵,这,才是城市的灵魂。

如果仅仅强调经济发展而忽视城市的文化价值,必将极大地影响"文化城市"的存在,无疑会使属于"文化城市"灵魂的文化遗产受到威胁。请转换思路与视角,如果我们不是将"功能城市"与"文化城市"相对立,而是在历史名城的规划中,充分考虑到城市的文化特点,将文化遗产和城市特色作为城市形象的基础,历史文化遗产就不会被看作城市发展的包袱,而是城市中无可替代的重要财富,是城市可持续发展的资本和动力。失去记忆的城市无论如何都不会是我们理想中的城市。尊重和珍惜城市的历史传统、地域风貌和民族特色,传承城市的非物质文化遗产,方能保持并彰显一个城市所独有的文化韵味。面对太原这座历史文化名城,保存我们的城市记忆,保留太原文明发展的脉络,是现代社会发展的迫切需要,也是我们这一代太原人肩负的历史使命,更是我们建设特色文化名城的必由之路。

保护好晋阳古城众多的文化遗产，延续太原历史文脉，说到底是保护我们城市的记忆，这是全市刻不容缓的任务和职责。

21世纪以来，太原市围绕保护历史文化名城，实施了一系列保护与开发工程，取得了阶段性成果。但历史文化名城的保护工作任重而道远，我们一定要把保护历史文化名城摆在更加突出的位置，自觉当好历史文化名城的薪火传人，推动古城文化遗产保护工作再上新台阶，使文化遗产为城市发展服务，为人民群众服务。为此，我们必须牢固确立"五大理念"，切实采取"五项措施"。

一是要牢固确立保护历史文化遗产是最大政绩的理念，本着对历史、对城市、对人民负责的态度，使文化遗产得到有效保护。要把保护文化遗产作为全市工作的重中之重和各级党委、政府及领导干部的第一职责，坚持"保护第一，抢救第一，合理利用，加强管理"的方针，坚持保护真实性和完整性的原则，保护好历史文化遗产这一"无价之宝"，为子孙后代留下宝贵财富，做到上无愧于祖先，下无愧于后代。要对城市发展历史和现状进行分析调查，明确城市未来发展的定位，合理设计城市传统历史区域和新兴现代区域，制定符合科学发展观的城市发展规划和文化遗产保护规划，通过整合资源，促进对文化遗产及其存留环境的保护。

二是要牢固确立保护历史文化遗产就是保护生产力的理念，发挥好文化遗产的特殊功效。应该充分认识历史文化遗产在现代城市文明发展中的巨大作用，使其与现代城市功能、产业发展、劳动就业、市民生活结合起来，使其在提升城市价值、发展现代文明、改善人居环境中发挥更大的作用。我们要尽力保护好、充分挖掘出历史文化这一太原旅游的最大"卖点"，让丰厚的历史文化真正成为太原这座城市的"金名片"。

三是要牢固确立保护和发展"鱼"与"熊掌"可以兼得的理念，妥善处理好新城扩建和旧城改造的关系。必须改"单纯地保护"为"积极保护"，将文化遗产保护与建设发展统一起来，保持其生态、环境与风格，在周边设立缓冲区、保护区，而且对保护区内的新建筑要使其遵从建设的新秩序，即在体量、高度、造型等方面要尊重历史遗产所在环境的文脉，以烘托文化遗产，加强原有文化环境特色，达到"有机更新"。要坚持"保老城，建新城"的原则，把保护的重点放在老城区，把建设的重点放在新城区，在文化遗产保护转型过程中，可以采取"土地置换"政策，在承载城市文化遗产的主要地域建立"遗址公园"和"历史博物馆"，形成现代城市的"氧吧""绿肺"和文化景点，供人们休闲参观，改善现代城市的整体环境，实现保护与发展的双赢。

四是要牢固确立保护历史文化遗产人人有责的理念，文化遗产保护，全民动员。坚持保护为人民、保护靠人民、保护成果由人民共享，充分调动全市人民的积极性、主动性和创造性，形成人人关心、人人参与历史文化遗产保护的良好氛围，使历史文化充满生机活力，成为能够产生向心力、认同感的文化，使保护工作成为群众共同行动的文化自觉。

五是要牢固确立科学保护的理念，重视保护与利用的结合，促进城市和谐发展。要以开放的心态，借鉴和吸取国际认同的历史文化保护观念和做法，以尊重历史、尊重生活、尊重市民的态度，努力做到人与自然和谐、人与遗产和谐、遗产与环境和谐、生活与遗产和谐、传统与现代和谐，在更大的空间范围和更广的地域范围来保护和延续太原历史文化脉络。以保护为目的，以利用为手段，通过合理适度利用，实现真正的保护，在保护与利用之间找到最佳平衡点和结合点，形成良性循环，实现生态效益、社会效益和经济效益的最大化、最优化。

太原是一座历史悠久、人文璀璨的古城，晋水汾河孕育了晋阳文明，周柏唐槐见证了古城兴衰。遥思古往，我们依然能感受到"锦绣太原城、人杰荟萃地"的文明古风，依然听得见数千年来华夏文明跃动的时代强音，依然摸得见三晋大地永不停息的浩浩文脉。我们要立足昨天的高度瞻望明天，利用晋阳古城的显赫声名，调动一切积极因素，让历史文化记忆为现代城市增值，创造这座历史文化名城更加辉煌的前景。

地域文化的背后

乡愁是每个人的文化底色。乡愁是一个人心理回归的梦境。乡愁文化说到底是地域文化的影像。

地域文化是一个系统，包括风俗习惯、语言风格、价值观念、宗教信仰、经济体系和社会组织等。地域文化是在一定的自然环境、特定的历史背景和独有的文化积淀等条件下形成的一种文化个性。地域文化最能体现一个空间范围内人的特点，而且反映了特定区域源远流长、独具特色和传承至今仍在继续发挥作用的文化元素。地域文化应当是以地域为基础、以历史为主线、以景观实物为载体，在社会发展进程中发挥着重要引导作用的人文精神。几千年来，老祖宗流传下来的村落、古镇、名胜遗址以及风俗传统，总合成为一方地域文化，成为人们留存在记忆深处的乡愁。乡愁文化是多元的，不同地域呈现着不同的乡愁文化个性。这种多元的文化组成了中华民族深厚的文化底蕴，而传承中华文化，对于当代民族内聚力的增强，对于社会持久稳定，都有其巨大而无法替代的作用。

中华民族是世界四大文明古国之一，正因为如此，地域文化在中国历史发展中源远流长。许多中心城市、县城甚至一个古老的村镇，几乎和中国历史发展的长度相同，抑或就是中国历史长河中的一个支流，在长期的大河奔流、东西碰撞和南北交融中，逐步形成了自己的文化个性，也形成了不同的人的性格。地域文化对每个人的濡染浸润，最终便产生了浓郁的地域观念。在现实中不难发现，在调整区划的过程中，把一个或几个乡镇划归另一个县域，这几个乡镇的乡民心理上会纠结几十年甚至纠结几代人，因为他们祖祖辈辈就生活在这个相对特殊的地域文化里。乡镇调整是从时代发展需要出发的，是必要的，但对所涉及的个人而言，则是对他们根深蒂固的文化心理的割裂。还有现在的异地搬迁扶贫，长久看肯定是造福社会、造福贫困山区百姓的善举。对于年轻人来说，相对比较容易接受，无论是子女上学，无论是改善就业条件、提高生活质量，收效都很明显；对于那些老年人来说，安土重迁，他们不愿意离开自己的故地，金窝银窝都不如自己的穷窝。亲不亲，家乡的山家乡的水。其实，这还是一种文化心理的反映。他的祖先在此地安葬，他的乡情在此地寄放，他的追求在此地演绎。也就是说，他的魂魄根脉在此地赓续。故土难离啊，这就是文化的力量，这就是乡愁。

中华文明以农耕文明为重要载体。农耕文明体现在每一个地域文化中。但是历史总是前进的，社会的发展不以人的意志为转移。经济一体化将世界变为"地球村"，当代中国的地域文化在工业化浪潮中受到巨大冲击，许多地方的历史文化遗产，尤其是乡村、市镇风俗的传承面临严峻考验，大量民间传统文化传承无望，走向消亡。一些珍贵的民间传统文化遗产，包括物质的和非物质文化遗产，如乡土建筑、街区遗产、农业遗产、农业生产工艺、服饰、民间风俗礼仪、节庆风俗等面临消失。中华文明是炎黄子孙千古传承、智慧结晶，一旦丢失，将无法弥补。我们要珍惜地域文化，守望乡愁。

一个时代的文化表达方式，往往显示了这个时代的文化特色。一个民族能否传承好自己的地域文化，往往取决于这个民族的文明程度和文化自觉。当代中国在城镇化建设和新农村建设过程中，能否保护、如何保护好地域文化，是衡量地方干部文化意识和思维观念成熟与否的标志，更是衡量是否全面贯彻中央路线、方针、政策的标尺。习近平总书记针对世界发展潮流，高瞻远瞩地提出了"文化自信"，并反复强调要弘扬中华优秀传统文化。2013年12月习近平总书记在中央城镇化工作会议上指出，城市建设"要体现尊重自然、顺应自然、天人合一的理念，依托现有的山水脉络等独特风光，让城市融入大自然，让居民望得见山、看得见水，记得住乡愁"。

中华优秀传统文化是中华民族的根，是中华民族的魂。地域文化既是对经典文化的通俗化体现，也是对经典文化民间呈现的本土化解读。珍惜地域文化，守望乡愁文化，正是目前增强"文化自信"的"使命担当"。

与草木同安

草木和人类是命运共同体。草木茂盛的地区，民众的生活应该富足；草木茂盛的时代，必然就是休明盛世（美好清平的兴盛时代）。草木应该也有灵性，它受惠于天时地利，恩泽于黎民百姓，因此，人和草木有着休戚相关的感情。然而，世间事，和谐极不易，不平衡才是常态。特殊时代，人会和草木发生争地盘、争空间的缠斗，比如战争，比如天灾。当人类觉醒的时候，自然又会柳暗花明。

不知什么时候，我对树木产生了深刻的感情。每到文物古迹景点参观，总会对寺庙里古老的树木凝视探究；一路走去，总要对周围树木作认真的辨识。特别是到公园、植物园，我总想在树种、树龄和花草灌木的特性上寻找到新的知识。有后果必有前因。十几年前，我曾下很大功夫把老家一块迹近荒芜的山坡承包地全部植了树，在这块三亩多的坡地里，一共栽植了40多个品种300多棵树，大部分是松柏。松树有油松、雪松、樟子松和云杉，柏树有侧柏、桧柏、蜀柏和龙柏等。剩下的便是盛行北国大部分地区的乔木品种。十几年悉心管理，十几年心血呵护，现在这些树都根深叶茂，蔚成景观。虽然是干旱贫瘠的山坡地,恰正适合松柏的生长。至于乔木,因为采取了施肥和灌溉措施,现在树身直径基本都在 20 多厘米。几百棵松树相濡以沫,十几年岁月浸润滋养,这块当年的荒地而今已经自成小气候,利息就是那些次生的不同品种的幼树。封山育林处,"城春草木深",而今林子里候鸟啼鸣,鼠兔跳跃,小树林里形成了它自己的生物链,一派生机。新增加的一些物种,让这小小环境越来越像公园和植物园,而且是那种造化天成的原生态,人工愧不如。

我也曾请托有关部门,支持我们村绿化田间道路,落实了。在通往村集体陵园的山路两旁,栽植了桧柏、侧柏、雪松和杨树。有苗不愁长,10 余年间,树枝拉手悄声语,棵棵树冠如华盖,名副其实的一条林荫道,成为我们村标志性的景观。

盛世不仅修志,而且也为植树、护树和爱树创造了条件。

最近,我约了几位同好到太原市的天龙山参观。从滨河东路出发,一路向南。滨河东西路的绿化之美自不必说,汾河景区的绿化也匠心独运。一直到新开通的晋阳桥附近,新修的四通八达的路,让自认为是太原通的老司机也屡屡摇头辨认,才找到通往晋祠能上天龙山的路。路两旁的绿化带,从草坪到灌木,再到常青树、银杏树,立体化、分层次,满目葱茏,各种颜色配搭,名曰彩化,让人目不暇接,惊羡赞叹。

终于摸到去天龙山的路了。天龙山我去过数十次。此前的路是20世纪90年代修的，标准本就不高，加上20多年间大车碾压、开山炸石，路况十分糟糕。现在我们上山走的是新修的等级路。等级路的建设全面体现了环保观念，为避免损坏植被，不占绿地，等级路的几个关节点都修建了数层楼高的旋转桥，别致设计、别致施工、更佳观景和环保观念集于一体的旋转桥甫一修成，就因其鲜明特色成了彩虹路、网红桥。感谢网红桥，这一路走得太顺利，当然也节省了不少时间。然而，让我一路更多关注的，还是天龙山的山体绿化，只能用"翻天覆地"来形容。

天龙山本是一个风景优美的景点，以前上天龙山，触目所见，让人不敢恭维。挖煤开洞、开山炸石、修坟取土、开荒种地造成山体破碎、满目疮痍，让游客心情大打折扣。现在好了，漫山遍野，绿色覆盖。山洼地被美化彩化，原来被炸成满目疮痍的六七十度陡山体，或打坑或垒堰，都栽上了松树柏树。特别是网红桥下，原来施工占地的山坡，栽植了一棵棵大松树，植被盲区盲点，尽数修复，完全呈现自然之态。放眼望去，层峦叠嶂，青翠欲滴，草木繁盛，姹紫嫣红。无须说一路上登山过桥瞻山望水美不胜收的景色，光那空气清新心旷神怡的感觉，天龙山先就让人陶醉不已。

不只天龙山片区如此，近些年来，整个太原的环山植被都彻底改善。政府加大投入，通水，通电，并以环山旅游公路相连接，十几家大公司以改革新机制投入数百亿资金,绿化美化与开发建设同步。现在整个东西山上,草木覆被,树绿花红,莺飞草长,生态优良。加上人工设施的铺设,廊栏亭榭的点缀,还有文物古迹的修复,昔日乌烟瘴气的山野,现在都变成了各具特色的休闲旅游好去处。

草木是人类的朋友。什么地方草木繁盛,什么地方就有灵气,就有人气。草木不仅有生态绿化价值,更具广泛的实用价值,比如说果腹、药用、建材以及历史记忆,等等。人类应该与草木同安。

花逢盛世也知笑。可不,过去灾乱年代,为了生计,人们与草木争地盘,争营养,相互生活都很艰难。现在社会安定了,百姓的温饱问题解决了,存在决定意识,人们对草木的认识也有了普遍的提高。"绿水青山就是金山银山""环境就是民生,青山就是美丽,蓝天也是幸福,要像保护眼睛一样保护环境""山水林田湖是一个共同生命体,人的命脉在田,田的命脉在水,水的命脉在山,山的命脉在土,土的命脉在树";要"让居民望得见山,看得见水,记得住乡愁"。为此,太原市这么多年来,不仅绿化美化了东西山,更主要的是,把城市一水中分的汾河景区建设不断向南北延伸。汾河景区两边的草木花卉栽培,品种越来越多,品质越来越高,园艺性也越来越强。不仅如此,政府还在新扩展的市区,建设了几十个各具特色的公园,并把老城区原来的公园不断改造提升,增植了更多、更新奇的草木花卉,居民出门三五百米,就能走到公园,见绿见水,亲近生态，欣赏美景，人与草木共喜同欢。

草木是世界的底色，是构成大自然的风景，与人类是命运共同体。人类应该与清风结伴，与时代同行，与草木同安。

乳名声里的故乡

我做了一个梦，梦见我的母亲，在巷口大槐树下喊我，说家里做饭没水了，让我去挑。我和几个发小正在生产队干活，听到母亲的喊声，就赶快往家里跑。可是腿像是被绳子捆住了一样，怎么也跑不动，越急越跑不动，越跑不动越急，止不住的眼泪一直往下流。我激动的声音惊动了妻子，她使劲推了下我，我便清醒了，枕头上留下一片湿洇。妻子问我怎么了，我说梦见了母亲，梦见母亲用乳名喊我。妻子说，十月初一快到了，该给老人送寒衣了。我说，关键是母亲一声声喊我乳名，好长时间没人这样叫我了，我感到非常的亲切。

乳名是农耕文明的体现。几千年传统文化熏陶，传宗接代、多子多福成为群体无意识的期盼和信念。如果哪家期盼男孩，就会给前边生的女孩起名"招弟""引弟""从弟"。生下男孩以后，就起名叫"石头""栓柱"，甚至其他更通俗的乳名。乡谚云，胡叫乱叫，阎王爷不知道。给孩子胡乱起个乳名，孩子的魂儿就不会被勾了去，就能壮壮实实地活一生。老家乳名的叫法是自成一体的，除了少数俗中有雅、谐中有庄，大部分都是在正式名字中截取一个字，后面缀上一个"娃"字，称为"×娃"，之后，约定成俗，耳熟能详，一直叫到地老天荒。

每个人都是在乳名声中长大的。新生命诞生，家里最神圣的事情便是给孩子起名字。或父母起，或长辈起。有的人家更郑重其事，要请先生看八卦、测生辰，总想给孩子起一个能纳祥兆瑞的名字，以求毕生福寿康宁。于是，在襁褓中催眠，在学步时呼喊，都用乳名。上学以后，乳名更是母亲每天早上定时叫醒孩子的专用；学校毕业后，乳名又成为生产队长每天记工的专名。在故乡，无论我干什么，乳名是我的定位。无论我走在哪里，哪里就有我乳名的回响。可以说，故乡的每条巷道、每块田垄、每条沟沟岔岔，都有我乳名的回音。伴随着乳名的呼喊，对于父母我有过顺从和逆反，对于同学发小我有过悲喜和哀乐，对于乡亲们我有过广泛的交织，对于故乡我有着说不清道不明的情感，乳名伴随着我渐行渐远。

故乡里弥漫着乳名声声。什么时候村庄的乳名稠密和响亮，什么时候村庄的日子就热闹。故乡活跃的日子应该是20世纪的六七十年代。农业学大寨、以粮为纲的时代，农村里聚集了所有农村户口的人，一家祖孙三代很普遍，一家子七八口人也很平常。无论是以家庭为单元的一个锅里搅稀稠，还是以生产队为单元的集体生产劳动，抑或是以全村为中心的集体活动，也不乏以发小同学为主的兴会聚集，乳名是大家互相称谓的主要用语。晚霞辉映天空、炊烟袅袅升起时，母亲们呼唤儿女乳名的声音响彻多半个村庄，那是呼唤贪玩的孩子回家吃饭。启明星还在闪烁的清晨，挂在老槐树上清脆嘹亮的钟声响过之后，生产队长便敲打门窗，以乳名大声喊叫贪睡的年轻人起床下地。下雨天或者是晚上，生产队或者生产大队开会，村干部点名，大家也是用每个人通俗易记的乳名。更有趣的是，年轻人成群结队无事生非，互相之间用乳名称谓不说，有时还故意把对方父亲、爷爷的乳名叫出来以为指代。这种"有辱风化"的称呼，当然不会造成什么严重的后果，只会引起对方以眼还眼、以牙还牙的反击，带给公众的是一阵阵哄笑，俨然成为文化生活贫乏农村的一种娱乐形式。也确实，在故乡的田间地头、街头巷尾、婚丧现场、集贸街市，每个人的乳名是大家心目中最深刻的印记。岁月不居，人世沧桑，谁家父母、谁家孩子的名字大家不一定能随口而出，却仍可以用他的乳名来念叨。故乡是乳名的王国，乳名也是故乡的元音。

好些年后，我又回到故乡。回到故乡，能认识并知道乳名的基本上都是50岁以上的中老年人。而50岁以下的，有认识的但不知道名字，知道名字的但对不上人。至于每个人的乳名，更是茫然。更不用说二三十岁以下的年轻人和各自的乳名。可不，我20多岁外出，在外闯荡几十年，正是年轻人成长的时间段。现在两鬓斑白，贸然回归故里，人家可不得"笑问客从何处来"？不过，情绪总是多重性的，生活中也包含着多元。故乡的长者对我乳名的呼喊，包含着亲昵、挚爱和惬意。他们都是被我叫叔、叫婶叫老了的人，他们回叫着我的乳名，怎能不让我激动不已呢。特别是见到和我年龄相仿的发小、同学，他们对我乳名的叫喊，包含着惊喜、激动和期盼，仿佛又回到一起玩耍、割草砍柴、偷桃摸瓜的年代。也有年轻人和年龄更小的孩子，见我在故乡寻踪觅迹东行西走，会在侧旁或身后悄悄地叫着我的乳名议论。因为我的父母已经去世多年，我的孩子也在城里工作，他们根本不认识，因此，无法指代，只能直呼我的乳名。在故乡，小孩直呼大人的名字，近乎骂人。我的儿子在老家长到10岁便被接到了城里。他在老家上了几年小学，与同学玩耍时，双方闹了意见，就直呼对方父母的名字，以泄私愤。现在，如果说我的儿子对老家还有印象，那就是记住了同学和同学父母的乳名。乳名虽然不是正式名字，但是，在故乡，乳名比正版名字还要金贵，更有大用。而今孩子们在背后称呼我的乳名，乍听到之后肯定略有不爽，但他们不知道我儿子的乳名，无据可依，不叫我的乳名又能怎么称呼呢？把直呼乳名视为他们对我的惊奇、奉迎和接纳，如此一想，一切释然。

乳名是对故乡的一种牵挂。我们村有一位1949年流寓台湾的老兵，改革开放后回到小山村省亲。其时他已经70多岁了，老家也只有一位与他年龄相仿的侄子。至于他本人的婚史、家庭以及大名，村里人也并不清楚。而他回到故乡，收获的也只是与他同庚、年龄更大乡亲对他的一声声乳名呼唤，以及他对乡亲们乳名记忆的回应。之后，他又回到台湾，没过几年，听他家族的人说，老人带着对乳名的珍藏客死他乡。我想，虽然老人终究没有身归故里，但他比一些寓台的达官贵人要满足得多。毕竟，他在衰年之时用他的乳名和家乡对了话，和父母祖先的气息做了交流，和乡亲们用乳名交换了名片，于愿足矣！我们村还有一位人物，中华人民共和国成立前就外出念书，后在水利水电部参加工作，据说后来成为总工程师。他的夫人就是我们邻村人，后来亦带到北京，家里仅剩下老父亲。农业社、生产队时期，他隔几年回来看望他的老父亲，我小时候也见过他，也知道他的乳名。他的老父亲去世时，他因工作缘故没能回来，后事由他夫人和一个儿子全程料理。再后来的后来，他就退休了。退休以后，他和夫人每隔三五年回来一次，看一看他荒芜的老宅，听一听乡亲们对他乳名的呼喊，温习一下家族后辈们的乳名。至于吃住，则是在邻村他夫人的娘家。最后一次回家，当然，我也是听说的，是他80岁以后。这次他还让乡亲们帮他把自家破败的院墙和漏雨的房屋修了修，以期长期安放自己祖先的牌位，并作为渐趋衰败乡村中自己乳名的载体，保留乡亲们对自己乳名的记忆。之后，老人就再也没能回来。最近听说，老人前两年已经去世了。老家的宅院，静待他的子孙后代们前来礼拜。

我在老家盘点了一下，能知道乳名的长者，已经所剩无几，而和我自己年龄相仿的同学、发小，或流落在外，或英年早逝，搜索枯肠也找不出多少。至于比我小的一辈又一辈，有的全家迁到县城或附近的小城市，有的本人在外面打工，留在家里的孩子和妻子有没有乳名，叫什么，我也不得而知。乳名，这种带着十里乡风、地域文化和传统习俗的称谓，在农村还能叫得稠密响亮、叫得一往情深、叫出乡情和乡韵吗？

又到麦收拾穗时

麦浪翻滚，金光闪闪，诗人眼里看去，无疑又是一个丰收的年景。但在缺少机械的农业生产队时期，面对丰收的景象，每个人又有不同的感受。特别是在生产队时期，就有一部分人，看见麦浪翻滚就头疼，是真头疼而不是假装头疼。因为这些人忍受不了割麦子时低头躬腰、挥舞镰刀、进一退二、且割且垛的机械动作。头顶烈日，口干舌燥，也不能频繁展腰擦汗。前头领把子的人早已蹿出老远，你越是频繁展腰，耽误时间不说，更易腰酸背痛！情急之下，这些人宁愿干更吃力的活，也不愿割麦子。当然，这些人，多是一些吃闲粮不管闲事的年轻人。虎口夺食的麦收季，没有什么轻松活。拾麦穗、捡麦穗，无论中西方，都是最最辛苦、最具标志性的农事劳动。它的辛苦，不在割小麦之下。

是的，拾麦穗是农耕文明的标志性画面。法国画家米勒 1857 年创作的《拾穗者》，就反映了欧洲工业文明之前农民的生活景象。之后，"拾穗"几乎成了西方美术史上一个常见主题。米勒之后，法国莱昂·勒米特的"拾穗"系列与朱尔斯·布雷顿及英国的亚瑟·休斯，还有荷兰的梵高等知名画家，都有该主题的作品传世。这些作品一经交流传播到东方，就深得长期处于汉民族农耕文化浸染的中国文人的共鸣，也让更多打小就背诵"谁知盘中餐，粒粒皆辛苦"的城市人顿发悲悯！

农村也罢，城市也好，既然民以食为天，那么，捡拾麦穗作为惜粮的代表，绝对称得上是农耕文明唱主角下文学艺术的大主题、时尚话题。寻常看去，拾麦穗是麦收时节贫困农户的农事习惯，珍惜粮食而已；殊不知，它是流传久远的古风，是古往今来农民"龙口夺食"时节追求"颗粒归仓"的具象表现。捡拾麦穗，未必就是无粮可食，无麦可收，它是数千百年为衣食所苦的亿万农人的集体记忆，是刻入农人 DNA 的生存密码！

中国打从有文字记载的商周，就有捡拾麦穗的记录。《诗经·小雅·大田》："彼有不获稚，此有不敛穧（jì）；彼有遗秉，此有滞穗，伊寡妇之利。"（那里有没割下来的嫩棵子，这里有没捆起来的稻谷草；那里有丢落的束束麦个子，这里遗漏的禾穗子也不少：都成了孤寡老妇的手中宝）《大田》第三章这 20 来个字，着重描述了麦田拾穗的情景：边边角角收割时遗漏的，虽割倒却没有捆入束的，运载过程中遗落的，还有那些倒伏收不起者，就尽归拾穗妇孺吧！由此可见，至少从先秦起，拾麦穗就已成为小麦收获过程中一项独特的农事活动。与其遗落于野暴殄天物，不如成全生活艰辛不惧劳苦的拾穗人！允许别人进入自家麦田捡拾遗漏，一般人家因之有所小补，亦成全了封建文化中不大不小的仁爱和善意。

听人说，我奶奶也是一个时期捡拾麦穗的专业户。那时我们家很贫困，父辈都在遥远的地方打工，也就是给我们老家在外地做生意的人当学徒。天遥地远，他们哥几个都自顾不暇。家里只有爷爷和奶奶，而爷爷还是一位走村串乡的劝善者，每年有大半年或者更长时间在外传经布道，劝善讲孝，家里实际上就奶奶一个人在撑着。论起来，我们家独住一座四合院，虽然简陋，但也算是比较讲究的。据说是爷爷辈以上的某代祖先考上拔贡后所建，我小时候还亲见家里北房门上挂有象征身份的木匾。到爷爷这一辈家道中落，可能还有人染上赌博和抽大烟，家里只剩下几亩薄地。在这种情况下，奶奶头顶烈日拾麦穗，也显见出有几分为生活所迫。

奶奶捡拾麦穗，是从别人家麦田收完之后开始。每天起早贪黑，白天捡拾，晚上捶打，用簸箕能簸出十几斤麦粒。那时的农事耕作，还不可能科学种田，完全是靠天吃饭。黄土高原，土地缺水少肥，一年只种一季庄稼。从麦收罢到秋分再播种冬小麦，这中间尚有两三个月的土地休眠期。夏收期间，奶奶每天的工作就是拾麦穗这种特别的农事。每天从十几斤到几斤，从几斤到一两斤，从一两斤到一碗（一斤左右）。再后来，就是一天一茶碗（半斤左右），最后每天只能捡一酒盅多……到农户开始耕地备播，才算结束。一年下来，据说能拾一瓮，也就是300斤左右。加上自己地里的些微收获，和一些瓜菜代，勉强够全家糊口了。

多年以后，欣赏过米勒的《拾穗者》，也看过有关麦收的好多作品，渐渐在脑海里画出了我自己想象的《奶奶拾穗图》。这幅作品，虽然别人看不到，但对我来说却是最生动、最深刻也最感人的缅怀。

其实，捡拾麦穗这种农事活动，在北方、在农村、在所有生产小麦的区域，可以说每个人都有过体验，所不同者，时代而已，心境而已。农村集体生产时期，拾麦穗就是农村小学生有组织的支农活动。麦收期间，大人在前面割，小学生在后面捡；或者是生产队集体收割完麦子，再组织社员捡拾一遍，这叫丰产还要丰收，或者叫厉行节约、颗粒归仓。我的童年，基本上年年参与拾麦穗，直到长大成人能直接参与割麦子，才算彻底转行。

说起来，小孩子拾麦穗，最有意趣最童真。玩耍才是他们永恒的主题。单调的拾麦穗还没持续多久，小孩子的注意力就转移到其他地方去了，看白云，扑蝴蝶，抓虫子，追野兔，玩累了就坐在地头柿子树下乘凉。那时完全没有生活的压力，没有社会职责，更没有什么理性的自觉，听着夏虫的欢鸣，甚至很快就睡着了。

我也曾听说过我家孩子在农村时捡拾麦穗的故事。那是20世纪90年代，孩子跟我父母在农村生活，那时已经实行联产承包、分田到户。收麦时期，小学放假，让小孩子都去拾麦子，并且有任务。每个小孩要给学校交若干斤麦子，说是勤工俭学。孩子那时七八岁，娇生惯养，到地里拾麦，一天也拾不了多少，迫于老师下达的任务，又不能不拾。有一天，两个孩子在地里连玩带拾了一下午，本来也没捡到多少，就要回家。在回家的路上，捡到一捆从马车上掉下来的麦子，喜出望外，就将一捆麦子分成若干把，连同自己拾的几把，分开背在背上往回走，一边玩一边掉。回家喜滋滋地给奶奶汇报收获，奶奶说，你们背回来的还没有喜鹊窝大，又都丢了吧？拾了一星期麦穗，也没打了几斤麦粒，离老师的要求远着呢。开学时，奶奶只得把家里现成的小麦挖上一些给添足，孩子这才高高兴兴背上交到学校。

现在，基本上已没有捡拾麦穗这样的农事活动了。农业机械化和市场经济的兴起，捡拾麦穗这样的手工操作已经被抛弃。是的，时代不同了，有些事物你想象不到它的嬗变。每年我都要回农村老家，特别是秋天，你看见地里柿子树上挂满小红灯笼般的柿子，过去它们可是珍贵的林果经济作物，既美味又充饥，还能加工卖钱。而今一个个柿子都快熟软了，就是没人摘。走访得知，现在农民也要考虑劳动价值，也要考虑投入产出。柿子须加工成柿饼才能出售换钱，加工柿饼程序繁杂，既要人工，还要晴朗天气配合，天公不作美则晾晒难成，中间哪个环节遭了雨水浸害，都会前功尽弃。即使是老天爷给脸，如果不是专业户加工生产，柿饼的销售效益，远不如打工。在农村，不要说有自己的产业，就是给别人打工一天100元，20天就是一个能保障生活的大数目，加工柿饼很难保证有这么大的收入。正如捡拾麦穗，由于机械化的普及，收割机收割之后，基本没有太多的麦穗遗落。加上农村现在都是产业化的生产，大家都在忙各人的活计，即使有富余的劳力，都外出打工去了，连小孩也送到镇上或者县城里上学，哪里还有闲人、闲工夫去捡拾麦穗。关键是捡拾麦穗一天的收入，远没有给自家干的活计或给别人打工挣钱多。

呜呼，沧海桑田，拾麦穗已为时代所终结！作为艺术，捡拾麦穗成就了一个个艺术家，凝聚成一幅幅浓墨重彩的油画，写入了艺术史；它也是保留在诗经里的文学名作，讲述着那个时代的历史与人文。留给我们当代人的，估计就只有世界性的乡愁了。

把心寄回家

从 1978 年离开老家浪游羁旅,闯荡人生凡数十年。虽隔山隔水,但我凡过年必回老家。父母在必回去,父母仙逝后还回去;单身时必回去,夫妻团聚后还回去;客地无事必回去,客地有事,比如说,两个孩子在中考、高考的年份还要回去。就这样,春节回家过年坚持了几十年。而且回到老家,完全履行老家过年的风俗和程序。甚至到后来,老家平时铁将军把门,院内荒草过膝,也要回去收拾院落,打扫卫生,装饰门庭,重温在老家过年的味道。

再后来,回家过年就有点回不动了。首先是孩子结婚成家,另成体系,人家还有自己过年的程序,我们做老人的也不能在这团圆的年节你东他西搞分裂。另外,老家的条件也太不宜居了。房子非常破旧,正值数九寒天,门窗走风漏气,在平时没有任何烟火气的屋子里临时生起火炉,即使身穿棉衣,鼻子和耳朵还是冷冰冰的。一年四季家园无人,吃住的艰难可想而知。精神上的追求实在跨越不过物质上的天堑。后来索性还是安分守己,就地过年吧。如果尚有不尽的思念和缅想,就寄托在为老家的宅院、邻居和村里的公共场所书写春联上。一进入腊月，除了忙乱的职场工作外，抽闲掏空上街买纸备墨，查找联语；再分门别类包装，让回老家过年的年轻人捎回去。在捎春联的同时，还不忘给捎春联的小老乡带上一点礼物，烦劳他们把我家的春联也张贴一下，营造红红火火的春节气氛，顺便也宣示一下我家的香火绵绵。

再后来，我就老了，春节不能回老家过年的现实，常常使我心忧；国家出台清明放假的规定，亡羊补牢，亦使我窃喜。清明正当春暖花开，回家扫墓祭祖，不应该有任何客观障碍和主观托词，正好弥补一下春节不便回家过年的遗憾。高速通达，高铁飞驰，不必早出，不用晚归，慎终追远之外，就是到处转悠慰藉乡情，顺便看看春节气氛的遗留。谁家门上贴的春联内容生动、文辞讲究，谁家的尺寸得当、比例协调，谁家的颜色新颖、图案别致，这都是我下一年再为老家书写春联时改进和提升的参照。确实，春联是农村最具文化意象的表征，也是各家户来年心愿的表达，至于对于农村的节日氛围、综合素养和思想情绪的体现，就不言而喻了。

辛丑年春节，又是个特殊的年份。年前，也就是庚子年的腊月，为防止疫情扩散，政府号召就地过年。疫情是人类共同的敌人，必须严防；但对于中国人来说，年又不能不过。对于全国绝大部分地区来说，最能体现春节传统、最具仪式感的春联，更不能不贴。传统的中国红春联，内蕴辟邪驱灾的意味，是中国老百姓传统文化心理的重要体现。于是，我一如既往，开始了一年一度的春联书写。

今年的春联书写，仍在疫情期间，思来想去，油然而生与疫情作斗争的情怀，最后决定为我们村每家每户书写一副量身定制的春联，也就是按各家各户大门的高低、宽窄选择对联纸张的尺寸，并加送两张福字。我们村有一百多户人家，还有公共场所建筑，加上其他方面的需求，算下来总共要写 200 多副对联。于是，我到文化商店选购印制现成有各种洒金图案的联纸 200 多副，有 2.4 米的、1.8 米的、1.4 米以及 1 米多一点的，大中小各种尺寸，花色品种齐全，外加 200 多张写福字的方纸。从腊月初八这一天开始，每天埋头书写。写小幅尺寸，完全可以一个人操作；写中幅的，把联纸横放在书案上侧身写；写大幅的，书案无论如何也放不下，边抻边写，容易走墨，一个人就很难把握拿捏了，不得不请夫人或孩子帮忙抻纸。不管怎样努力，一天也只能写上二三十副，200 多副那可得十天半月！此外还有 200 多张福字要写，这可咋办？冷静办！排除一切干扰，集中精力，全身心投入。尽管如此，那些现成的大路货联语，对农村针对性不强，用语也不接地气。有些粗看能用，但对仗和平仄上有毛病，不得不修改来修改去最终成了重新创作，这都特别耗费时间。因此，为把"福"及时送给乡亲们，我不得不加班加点，再接再厉。

书写春联，除了书法讲究、联语合规外，更重要的是在内容上，既要符合现实情况，又要老百姓喜闻乐见、一看就懂。我为老家写春联，村里每家每户的实际情况都比较了解，因此，在选择、创作联语时，大概上分门别类，基本能符合各家各户的诉求。公共建筑，用途和性质各有不用，不能照抄照搬，要把传统和现实结合起来。比如，我们村的正中心，有一座明代的庙宇，前多年曾修旧如旧，很受村民关注，我和我的助手反复斟酌，拟出的联语是：小康社会仰圣道，美丽乡村缘善德。意思是建设小康社会和美丽乡村一靠党的富民政策，二靠精神文明建设。横批勤慧致祥，意思是在脱贫攻坚中，不仅要勤劳苦干，还要发挥聪明才智，才能创造新的生活。质言之，联语的内容和形式，既要继承传统文化，又要表现现实生活，才能使老百姓愉快接受。春联书写，是我热爱家乡的真心表达；字字句句，融入的是我对家乡父老乡亲的真诚祝福。

如果说春联是营造春节喜庆氛围、表达良好愿望最普遍的形式，那么，农村院落里传承农耕文明的神龛联、场景联、禽畜场圈联，则是乡亲们更加朴素、具体的祈愿和憧憬。我熟悉农村的风俗，也了解农民的心理，因此，在大量书写春联的同时，还特别给我的近邻和近亲写了一些小幅的对联，以满足大家的传统文化心理。灶王联：上天言好事，下界保平安；土地神联：土能生万物，地可发千祥。另外，"猪羊满圈""牛肥马壮""春光满院""粮食满仓""出门见喜"，等等，都是老百姓的良好愿望，也有教化作用，我以我心忖乡亲，何乐而不为。

在春联书写过程中，越计算越有遗漏，写着写着，原来买的纸张就不够了，中间又抽时间到街上买了一趟。终于用 10 余天时间把春联写好。今年提倡就地过年，小老乡都不回去，我只能选择快递。快递对我来说是一种陌生的寄送方式，它要求提前分类包装写清收件人名号电话之类。我用整整一天时间，按家户把春联和福字分装到一个个袋子里，逐一写上名字电话。腊月二十三，夫人联系了快递员到家，递烟倒茶后，粘贴密封，称斤计价，办完一应手续。邮件出门，我的一颗心也随着快递件飞回老家，开始真正感受过年的喜庆。

半个月里，我欣悦地感受了书写春联的全过程。三天之后，我在书斋里揣想村干部走街串巷，给每家每户乡亲发送春联的热闹景象。除夕前，我还仿佛看到乡亲们在欢声笑语中，郑重其事地迎春接福，张贴春联。

人在远方，心在家乡；精神上的过年，于我最重要。

我和报纸的情缘

报纸伴随了我半个多世纪。

上完小也就是小学五年级时，正是 1965 年，我的班主任、语文老师订有一份《文汇报》，多数时间自己看，有时会拿到课堂上，选择性地读一些报上的文章。升入六年级时，也就是 1966 年以后，没有课本了，老师索性就把毛主席诗词和《文汇报》上的一些文章作为课本来讲解。我们的老师是百年老校山西大学中文系 1949 年前的毕业生。他说，《光明日报》和《文汇报》偏重于文化，建议我们侧重阅读。这是我对报纸特点的第一次间接认识。

随着年龄的增长，我也见识了一些其他类别的报纸。尤其是高中毕业后，回乡参加劳动，因为参与村里的工作，就给大队（现在的村委会）订阅了好几份报纸，其中就有《光明日报》和《文汇报》。当时为了方便邮寄，村里的报纸、信件和包裹都由邮局投递员一并送到村里的小学校。那时整个社会特别是农村普遍缺乏阅读物，而且，我在我家是个吃饭不管闲事的人，所以，每天无论是中午还是晚上，都要到学校去取报看报，每日的必修课延续下来，就形成了我在农村的生活习惯。当然，报纸肯定有和我工作相联系的用场，比如开会时给群众宣读，比如办板报时照搬照抄。由于看报产生的灵感，我还给一个地方小报投过稿，是一首小诗。虽然没被采用，但编辑给我寄来打印的退稿函，几句客套的鼓励话，还是让我激动了好长时间。

后来，我又分别上了不同层次的学校。学校都有图书馆，图书馆订有不同门类的各种报纸。我有更多时间到图书馆翻阅报纸，增进了对不同类别、不同层次、不同地域报纸办报特点和风格的感性认识，增强了对报纸的识别和选择力。

参加工作以后，看报纸就成了职业标配。很长一段时间，人们用"一杯茶，一支烟，一张报纸看半天"来调侃某些机关单位人浮于事、官僚作风，或者不作为、懒作为。其实，看报纸对于一些宏观管理机关的工作人员来说，是十分必要的。不管是中央的还是地方各级的党报，都传达着党委和政府的声音，既有思想动员，又有工作部署，当然，也有一些配合中心工作的生动报道。正因为如此，各级组织和干部群众都应该关注报纸、关注报纸传达的精神，这样才能统一思想、统一步伐。只不过是，对于基层实际工作者来说，应该是在工作空闲和业余时间认真阅读更符合实际。事实是，好些干部都是把报纸拿回家，利用中午和晚上的时间悉心阅读；反倒是那些在机关里连报纸都不浏览的人，恐怕就不能算是合格的机关干部了。

报纸使我得到实惠。长期的机关工作,看报成为必需。无论是撰写综合材料,还是组织理论文章,报纸上的重要文章都是我首先要熟悉的材料。从指导思想到工作部署,从工作要求到具体措施,特别是理论性文章的阐述,都首先要在报纸的有关文章中,蓝道道画了,红道道画,重要的观点用圆圈画。然后,互相讨论,布局谋篇。我也曾在平时的阅报过程中,把各种报纸上的消息看个题目,然后把重要的报道和重点文章分拣出来,用专门的时间消化吸收。我也曾长期坚持剪报,把专版和专栏性的文章,分门别类贴了几大本。我也曾把阅报得来的有关信息,特别是宣传了谁,刊发了谁的文章,告诉或把报纸转给与我熟识的朋友。我也曾把阅报得来的重要而独家的信息,告诉我的家人和亲属,并加以评论,以示我的先知先觉和深刻。总之,繁忙的间隙要看报,空闲的时候更要看报;思想有压力的时候要看报,精神放松的时候更要看报。报纸是我的老师,报纸是我的课本,报纸也是我的朋友。伴随着阅报,我体验着社会的进步,感受着改革开放火热的生活。

我和报纸有缘。随着阅历的增长,我和媒体直接打上了交道。其中,最重要的一项工作,就是每年要为党报党刊的征订工作服务。我把自己阅读报纸的热情,对报纸的挚爱,带入订报工作中。带着感情去工作,以情感人,以情化人,精神感染,以理服人,每年总能顺利完成这个别人视为棘手的工作。我是确实和报纸有感情,既是自小至大的习惯,也因后来工作的性质,阅览报纸获取精神食粮成为我工作生活的第一要务。通过报纸分析形势走向,掌握社会动态,了解社情民意,把握工作节奏,安排具体工作,不一而足。长期的职场生涯中,出差从外地返回,不管时间多晚,我都要从车站或机场先直接回到办公室,把外出期间所积累的报纸整理出来,或先在办公室翻阅,或拿回家细看。凡是节假日或礼拜天,只要不外出,每天早上我都要专门到办公室先看当天的报纸。因为本市的报纸,只要出报,报社都要照常送到机关。应该说,我是每天第一个阅读本市党报的读者,且常年坚持。

其实,我每天翻阅报纸的热情,还来自自己那份与报纸有特殊关系的机关工作。我在机关长期分管理论和新闻工作,工作本身与报纸联系密切,工作的内涵与价值,相当部分要体现在报纸每天的版面和相关专版上。这就促使我天天关注报纸,每天检点报纸。特别是市里的一些重大活动、重要工作,以及以机关名义组织的一些重点理论文章,不仅要求在市级报刊上刊发,有些还要在省级和中央的大报上刊发。这就要求我不但要和各级报社的负责同志搞好协调,而且,还要在有关报纸的宣传上见之于实际。由于和媒体的密切关系,也由于我长期在宣传文化部门工作,久而久之,结合工作,我也写一些文化方面的散文和随笔,写一些文艺评论和文化名人小传。写稿子就是为了发表，但不管哪一级的报纸，有关文学和文艺方面的作品，既有定期的专刊设置，又有时效性的要求，不是说想发表就能及时刊登，何况还有一个稿子质量的问题。特别是中央和部委级的报社副刊部，还要通过不同渠道联系才知可否。因此，不停地撰写，不停地投稿，静静等待文章的发表，期待强化了每天对报纸的渴望和深度阅读。不只是读报，还要把刊发有我文章的报纸保存起来。几十年来，可能收藏了有十几种报纸，自己的百十来篇文章，这也算是我和报纸静水流深的缘分吧。

华丽转身之后，我回归自己人生的原点。几十年的生活方式，几十年的职业习惯，阅读报纸似乎对我更重要了。所以，在回归个体生活时，除了因工作和加入协会赠送的个别报纸外，我还自费订阅了几份和自己爱好有关的报纸，作为每天的精神营养。身为一个自由人，现在已没有什么羁绊，每年我都要回老家小住一段时间。回老家时，我把一些积存下来的刊有重要文章的报纸拿在旅途看、带到老家看，这都是我长期以来的习惯。庆幸的是，我有保持这个习惯的特殊能力，不管是坐汽车、火车还是坐飞机，头不晕、脑不胀，只要有一副老花镜，就能一路持续阅读。在老家看完带回的报纸，如果还想继续住下去，我就请人把这一段时间积累下来的报纸快递到老家，继续填补我阅读的空间。

我的这些行为，不但别人看不习惯，连我夫人也笑话我不合时宜、老古董、死脑筋。理由是，现在谁还看报纸？手机上的信息，又多又快又方便。殊不知，报纸上的文章既是主流信息，又是权威报道；重要文章可圈可点，可批可注；专版专栏文章可集可藏，可吟可咏。读报作为阅读习惯，形成生活方式，它已融入我的血脉，岂是小小的手机就能改？

报纸，终将成为我生活的不可或缺，它承载了我的精神文化需求，它成就了我的职业和事业。相濡以沫大半生，岂可一日无此君？

雏凤清声

我的外孙一岁多了,正是好玩的时候。虽然北京、太原远隔千里,但有视频手段,随时都能看到他可亲的小样儿。不过姑娘、女婿都很忙,他们难以坚持每天都给我发视频。好在夫人扔下我不管、带薪上门专职侍奉外孙,哪找这么好的内线去?作为补偿,我仍能适时看到夫人拍发来的小外孙视频。

我喜欢小外孙,但小外孙并不接纳我。他10个月大的时候,我到北京办事,住在姑娘家。第二天上午办完事,下午我就返回太原了。来去匆匆,一是因为北京太热;二是姑娘家里局促不便;再就是小外孙看见我如临大敌,小脸立刻晴天变阴,哭闹不已,全不把我当自家人待,哪管什么我还是他妈妈的爸爸!好在他还没有御敌于家门之外的意识和能力,我只能在他家里背着他活动。无论他姥姥他妈妈如何劝导,这是姥爷,这是你亲姥爷,他全然不听,更不会让我抱一抱,亲一亲,弄得我坐也不是,站也不是,很是尴尬,于是,我就打道回府了。

其实,外孙刚生下来的时候我就见到他了。他妈妈怀他七八个月的时候,准备到温哥华待产。按姑娘和女婿意见,2019年5月底姑娘和她妈第一批先去,到临产时也就是7月中旬,外孙女也放了暑假,我和女婿、外孙女再一起去。原计算,我们到温哥华之后,还得等几天才是产期,可是人算不如天算。到达第二天,时差还没倒过来,凌晨姑娘就有了感觉,我们都还在梦中,她便叫上女婿上医院去了。上午9点,女婿打来电话,告知生了,是个男孩。10点赶到医院,姑娘一脸慵倦躺在产床上,女婿在忙里忙外,那个刚诞生的小生命在褓褓中,表情混沌,眉目不清,只是男性的标志很明显:我有外孙了!

第二天,我们就接上姑娘和外孙出院了。回到租赁的公寓,全家唯一的任务,就是侍候坐月子的姑娘和刚出生的外孙。除了干好自己的分工,我大多数时间是看小外孙如何哭闹,如何睡觉,有时也抱一抱一小臂之长的宝贝。那时他还没有熟生感,也没有烟火气,唯一的哭声,就是饿了,赶紧给他喂奶;要不就是困了,急忙拍着他睡觉。过了一段时间,女婿要回国上班,我就成了家里的主要劳力,一日三餐要到月子中心给姑娘取餐,要到超市买日用品,要到楼下分送垃圾,要给外孙洗尿布。除了这些,我便在家里一边阅读,一遍聆听着小外孙美妙的哭声,雏凤清于老凤声。于是,在异国他乡的这个家里,充满了生气,充满了活力。虽然举目无亲,虽然不能参加故地一些我喜好的圈子里的活动,但我仍然感到充实,感到有成就感，也感到我活着的价值。

一个多月后，我们回到北京。安顿好姑娘和外孙，我和夫人回了太原。转过年清明以后，姑娘要上班，死缠硬磨非要让她妈去看孩子，万般无奈，去了。夫人去了北京，我一个人孤守老巢。虽然我有一些事情要做，空闲时间，免不了还是想和小外孙视频。但视频又不方便，不是没人接电话，就是大人都在忙，电话好不容易接通，小外孙又睡着了，热脸贴上冷屁股，让我很是失落。于是，我要求他们每天录一个视频给我发过来。催逼之下，隔三岔五能发几条，但质量大都不高，夫人录的视频质量还可以，颇慰我心。于是，我就把夫人发过来的视频，作为保留节目收藏，没有收到新视频之前，一有时间，就翻出来仔细观看。看外孙鹦鹉学舌，看外孙步履蹒跚，看外孙东施效颦。每晚，我都听着外孙仙乐般咿咿呀呀的曼声清音，在满足和欢乐的迷醉中入睡。

由于我频繁追讨外孙的视频，夫人说我重男轻女。其实，我内心根本没有这个意识，何况，他们并不随我的姓氏，我只是偏爱挚爱幼童稚子的自然和纯朴。2020年外孙女已经9岁了，她小时候我也是满心的喜欢。只要她在我们身边，我天天接她送她陪她玩，或者带她外出买她喜欢的玩具和食品。她不在我们身边的时候，我也经常打电话问长问短。记得她小时候，我还经常哼唱着于文华版的摇篮曲，哄她睡觉，别说，真能奏效，一会儿她就微笑着进入梦中。

只是那时还没时兴视频，或者说我的手机还没有视频功能，即使有，我还在玩手机的蒙昧时期。然而外孙女小时候如春风、如皎月的状态，如宠物般的特性，依然是我心头的挂念，是我人生转身时期的精神抚慰。只是长大以后，她就有了自己的思想和主见，和大人的沟通交流，时有逆反。现在的小外孙就不同。他的哭声喧闹，不是要吃奶，就是要睡觉，大人们恨不得让他多吃多睡。他小手所指，不是要下地，就是要外出，大人们也积极地扶助引导。他没有原则性的错误，没有非分的要求，也没有超出大人框范的言行。他的一颦一笑、一哭一闹都是成长中正常情绪的流露，他的一扭一趋、一哼一啊都能给大人带来欢乐和惊叹。他的每一种变化都是长辈们的祈盼和希望。雏燕出壳、羔羊落地、胎气清声、宛若玩偶，你能不欣悦吗？

  人们都说隔代亲，其实也不尽然。小孩尤其是还没形成复杂思维和独立思考的小孩，和大人们还没有任何利害冲突，也没有激烈的思维冲撞，越是这样，越能给人以想象和塑造的空间，越能寄托长辈对他们成龙成凤的希望。浮想联翩，清声依旧，乐在希望中。

和小鸟共处

去年清明和夫人回老家小住。院子久不住人,进门首先就是洒扫庭除,整理卫生,各种忙碌。不经意间,夫人在我家大门洞里看见一个鸟窝。她很惊喜,喊我赶快去瞧瞧。果然,在我家土地爷神龛里,有用细绒绒茅草垒起的鸟窝,还有六颗小小的鸟蛋。眼前的一幕,唤醒了童年时期的美好记忆,好亲切。

老家院子的大门坐北朝南,大门内右手就是土地爷的神龛。土地爷是一尊烧制而成的神像,高 20 厘米,供在神龛正中,四周空间较大,鸟窝占据了土地爷神像的左边空间,略显狭小,好处是私密性很强。神龛离地面一米多高,小孩子踮起脚才能看到。进了大门洞左手是一个圆门,通往大院,这就是平常小鸟进出的通道。平时铁将军把门,家里空无一人,门洞这里尤其是土地龛的安全性私密性绝对一流。可现在我们回来了,每天出出进进,难免会打扰到鸟儿的安静生活。还有左邻右舍,还有亲戚朋友,今天你来,明天他去,这可咋办?小鸟正在孵化期,看来我们老两口得每天轮换值班,须臾不敢离开,否则,六个小生命怕就难以面世。

我带着这个沉重的问题，每天护卫着鸟巢。平常我在院子北房的书房里看书写字，透过玻璃窗户，时不时地观察着小鸟的动静，同时思考一个终极难题：是不是我们的归来打扰了小鸟的清静，是不是人类和小鸟天然就不能和平共处？

还好，每天仍能看到小鸟飞过圆门，进入穴巢。不过，小鸟很警惕，每每要进入巢穴，它都先在圆门前的银杏树上歇一下脚，警惕地观察四周的动静。为了小鸟的安全，我告诉常来我家的熟客进出大门时保持肃静，不要惊吓了小鸟。为了维护小鸟的正常生活，平时我都把院子的大门从里面关上，有不速之客，我便亲自去开门，以防客人敲门喧哗打扰了小鸟。为了方便小鸟的觅食，夫人还经常在院子里撒点小米或绿豆，但从来不见小鸟吃这些食物，好像它们专门就是吃昆虫的。夫人的投食好活了麻雀、喜鹊、灰喜鹊、原鸽和斑鸠这些每天光顾我家的鸟类，上午撒了上午就吃完，下午撒下午即吃光。有一天，侄媳妇带着侄孙来看我们。侄孙八九岁，非常可爱，据他说，他和我是好朋友，我点头表示认可。但侄孙太好动了，在他这个年龄段，不干一些淘气事那还真的不可理喻，但真干了，又令人头疼。夫人见他们来，自然很高兴，就想把我家的一些新鲜事告诉侄孙。我猜想她要说什么，赶紧打断她："不要说！"猛不丁一句，吓得侄媳妇和侄孙丈二和尚摸不着头脑。当头一棒，夫人头脑马上清醒。有过乡村生活经验的她马上想到，如果告诉侄孙家里有鸟窝，在什么地方，这小子绝对得把鸟窝翻个底儿朝天。说话时我们就在院子里，离鸟窝只有几步之遥。虽然，我的怒吼，有如张飞喝断当阳桥，避免了小鸟的劫难，但种种原因未能给侄媳妇解释个中原因，会不会让人家犯什么心思？

在我们百般呵护下，小鸟一家的生活还算正常。小鸟夫妻俩每天交替觅食，早出晚归是它们的习性，也是现实的需要。十几天之后，小小鸟出壳了，小鸟夫妻就当了爸爸和妈妈。小小鸟一出壳就和刚生下来的小孩一样，凭着本能猛吃个不停。门洞本身光线不足，神龛里就更加幽暗。自从小小鸟出壳后，夫人每天都要到土地爷神龛前看看小小鸟的动静。听到脚步声，小小鸟本能地张嘴叫唤，还以为是父母回家来喂食了。纵然是神龛里光线暗淡，小小鸟金黄颜色的三角嘴，仍能看得清清楚楚，果然是"黄口小儿"！数一数小嘴才知道，六只鸟蛋全部孵化，一个也没有少！夫人欣喜地用手机拍照，加上说明，发给远在大城市里八九岁的外孙女观赏。这样的野趣视频，夫人过几天就发一次，引得外孙女一直叫唤着要回姥爷的老家。

小小鸟慢慢长大，食量大增，它们的爸爸妈妈觅食工作也就更加繁忙，每天进进出出，就没有消停过。我们外出抑或归来经过门洞时，偶然也能和小鸟夫妻打上个照面，互相惊悚之后，便各忙各的。但小鸟夫妻从未因为人类的相扰而绝望，而迁巢。可能鸟禽也和人类一样，安土重迁，更兼惜子爱子心切，但凡安全，能不动就不动罢。

不知不觉在老家住了一个多月，我们和小鸟一家和平共处了30多天。我们要走了，放心不下的是小鸟，特别是六只毛茸茸的小小鸟。倒不是怕它们孤独，因为在我家门洞的西北角，离地面四米靠房顶的地方，还有一个燕子的巢穴。因为太高，看不到窝里的状况，但是通过观察，好像也是在孵卵期，这是小鸟一家最近的邻居。还有，院里两棵银杏树上，也各住着一窝斑鸠，这些鸟类才是它们真正的伙伴。何况我们走后，门一锁便不会有人来干扰，院子里七八棵树，一大丛竹子和几畦花圃，便是鸟类的天堂。我们担心的是，在小小鸟成长过程中，会不会有天敌对它们发起攻击？蛇、老鼠以及老鹰等，不能不防。于是，夫人交代给我的堂侄，请他过几天过来开门看一看，并把院子里的盆放满水，让小鸟能喝上水，也能洗洗澡。郑重交代完毕，我们才离开老家。

回到我们生活的城市后，夫人隔几天便给堂侄打一次电话，询问小小鸟成长的情况，并要求以视频录像的形式直观介绍。这样的视频过几天传过来一次，小小鸟一次比一次长得大。到后来，毛嘟嘟溢出了鸟窝，六只小小鸟身形和它们的爸爸妈妈差不多大了，小小鸟窝快要容不下它们。过几天，堂侄说飞出去两只，过几天又飞出两只，直到最后，飞鸟各投林，各成各家，四散江湖。

念念难忘小鸟，我根据录像和照片上小鸟的特征，及观察到的小鸟习性，上百度认真查阅，得知在老家和我们安然相处的这种小鸟俗称火燕，学名北红尾鸲（音曲），与燕子同科，专吃昆虫的成虫和幼虫，其中80%为农作物和树木的害虫，应该说，它们是真正的农家益鸟。

守住乡魂

古老乡村是中国传统文化的集结地，也是乡愁的驿站。一个人如果从小是在农村成长的，那么他的思维方式就只能是在故乡形成，他的文化情结就只能是在故乡营构，他的文化灵魂就只会被故乡深深地牵引。我的青少年时期完全是在农村度过的，所以，我对我的故乡一往情深。

中国是从农村走出来的，每个人的祖先大都长眠在乡间，孝老敬亲、根系传统融化在每个国人的血液里，凝聚在基因中。因此，清明祭祖就成为中华民族传统风俗的铁律。我走出农村之前，每年清明都要跟上家族里的大人们到一代一代的祖先墓地祭奠。即使是在特定时期，祭奠形式有所简化，但祭祀活动始终没有中断过。后来，我离开故乡到外地念书、工作，其时，清明还不放假，但每年春节我都要回家过年。既回家过年，我总要安排一个专门的日子到祖先墓地祭拜。虽然，老家并没有春节扫墓的风俗习惯，但礼多人不怪。为了安抚我的心灵，为了传续香火，为了坚守乡魂，我一路坚持到后来国家规定了清明小长假。有了清明小长假，清明祭祖就从容多了。我退休后，不但每年清明要回家祭祖，而且，还担负起全家族祭祖的组织协调和后勤保障工作。我深知，清明祭祖，就是传承家风，就是激励后昆。家是最小国，国是千万家。每个家庭都健康地传续，才能培养深切的家国情怀，也才能够守正创新。

在乡村，传统公共建筑应该是寺庙了。虽然我们是唯物主义者，但寺庙作为传统建筑，我们都应该加以保护和传承。何况，寺庙建筑本身的技艺、壁画、雕塑和楹联牌匾等都是中国传统文化的重要形式。文庙祭祀孔子，其思想内核为"仁、义、礼、智、信"；武庙祭祀关公，其思想内核为"忠、义、仁、勇"，这些都是中华传统文化的重要内容，各类庙宇自然就是千百年来中国乡村芸芸众生自我教育的善田福地。当弘扬传统文化汇成时代的主旋律之后，保护文物、重视历史赓续便成为全社会的共识。我们村有几座古老的小庙，大都建于明清时期。为了顺应时代的发展，响应村民的呼声，我全力支持推动村里统筹资金，将这些破旧的建筑，或修旧如旧，或修建如故。还对一棵两千余年的古槐设柱围栏，布告提示，加以保护。并把三百年前落户到我们村的第一代先祖早被遗弃了的墓碑，重新择地修葺砌筑，奉为祭祀。我们村还有一处文物考古发掘地，是民国二十九年（1930）中国考古先驱、山西考古第一人卫聚贤先生发掘汉代大型祭祀建筑的现场。为了纪念卫聚贤先生和我国考古事业的重要开端，在此地也建了一个纪念亭，作为历史文化纪念标志。

这些建筑和古树是一代又一代乡民历史的记忆、文化的圣地和思想启蒙的偶像，特别是一些老年人的精神抚慰场。因此，在修复完成后，全村老百姓皆大欢喜。我也深深地体会到，文化是乡村的灵魂，乐居莫大于安魂。

我对乡村文化的守望，更多的是每年给村民书写春联。从我上小学写仿影，到初中写标语、公告的训练，渐渐能运用毛笔，能把握文字的间架结构。到中学时期，每年的年末岁尾，邻居乡亲就拿上红纸到我家，让我书写对联。后来我到外地求学、工作，每年春节回到老家，为感恩报德，我依然把给村民写春联作为我的主要事项。间或有几年春节因故不能回老家，我便用半个月的时间，提前把春联写好，根据每家的实际情况，把对联、福字，甚至灶王联、土地联等分装入袋，然后捆扎入箱，托人捎回分发。春联是一双亮晶晶的眼睛，也是过年的标配。老百姓忙活一年，或丰或歉，或喜或忧，有钱没钱，贴上对联，红红火火才像过年。春联是传统民俗，也是老百姓对美好生活的祈盼。每年给乡邻村民书写春联，也成了我心灵中固守乡村文脉的重要表征。尽管后来春节我不再回老家过年了，然而，我仍然把给村民和邻居写春联的事情坚持下来。但是，随着社会的发展，村里老百姓的房子都盖成了高门大厦，传统小尺寸对联已如小鞍配大马，既不协调也不美观。而且，现代技术印刷的花红柳绿的对联，春节之前摆满集市街巷，老百姓图省事，也为了更符合节庆审美心理，往往在购买年货时一起购买张贴，极大地颠覆了传统春联书写的意义。为此，我也改变了书写形式，专门到文具商店购买印制好的色彩艳丽的洒金洒银、龙凤瓦当，或梅兰菊竹等现成图案的各种尺寸的宣纸对联，然后根据每家每户的实际情况和特点连编带写，请年轻人捎带或请快递寄到各家。春联是年节文化的灵魂，也是营造乡村春节气氛的浓重底色，最能满足老百姓春节喜庆的心理。我以我自己的认识和体会，坚守着这份心魂。

偏远乡村正在凋敝。有文化的年轻人漂泊在外，有能力有钱的人满世界闯荡，随之，他们的子女也都在外面求学求职。乡村就剩下老弱病残、鳏寡孤独。即使尚在乡村有劳动能力的人又都疲于奔命，忙于经营，谁来打点文化？谁来为乡村守魂？乡村向何处去？

日暮乡关，山重水复。21世纪以来，国家加快小康社会建设步伐。十八大以来，中央又部署美丽乡村建设，并把"一个都不能少"作为扶贫攻坚的硬任务。随之，又积极实施农村通路、通电、通水等具体工作。送文化下乡，建网络平台，兴主导产业，促科学种田。习近平同志强调：文物承载灿烂文明，传承历史文化，维系民族精神，是老祖宗留给我们的宝贵遗产，是加强社会主义精神文明建设的深厚滋养。我想，如果能把总书记的指示精神落实好，引凤还巢，广招人才，完善集体经济所有制，增强乡村统筹能力，守护好中华民族精神之魂，乡村就能够形神兼备，与时俱进，岁月静好。

我的母亲

我的母亲，实际上是我的养母。很小的时候，我就被过继给我的伯父、伯母，当然，伯父、伯母就是我的父亲、母亲了。当时，我还处在懵懂状态，基本记不清这些事。只是我的生父母和伯父母只有一墙之隔，他们又是亲兄弟。我的伯父母排行老大，住的是四合院的祖宅；祖宅一分为二，还住着我的堂叔，也就是我父亲的堂弟。二祖父就我堂叔一个男丁，因此他们两位，各继承了先祖的遗产，住在一个院子里。我就是在这样的环境中，在养父母的鞠育下长大成人的。

我母亲是外路人。说是外路人，但祖地也是我们镇上的村子，那已是好几辈之前的血缘了。追根溯源应该是，我母亲的祖父辈到甘肃西峰镇（现庆阳市西峰区）做生意，到我母亲成年时，外祖父就去世了，随后我的外祖母改嫁。当时我的父亲就在西峰镇跟着老乡做生意，后来他另起炉灶，生意做得风生水起。随着年龄的增长，在热心人的撮合下，父亲便和母亲成了家，母亲跟上父亲，过着无忧无虑的生活。然而，平静的日子长了，家里没个孩子，未免孤闷，于是，因缘巧合，父母便领养了一个同乡的女婴，这便是我的姐姐。解放初期，全国工商界实行公私合营。这时，父亲以及跟上父亲做生意的三叔，他们已经背井离乡好些年了，而且，父亲亦帮三叔娶了亲，成了家。兄弟俩在社会变革时期，经过反复权衡，还是准备回乡归根，侍奉老人，重新开启新的生活。于是，他们各方安顿，打点行装，领上家眷便回到老家山西，现在的万荣县皇甫乡西杜村。

回乡归根，对于父亲和三叔来说，意味着全家团聚，乡邻四舍无不相识，发小亲戚皆是熟人。天还是原来的天，地还是先前的地。但是对于母亲来说，西峰镇已经是久居的客家，现在嫁鸡随鸡又来到一个新的客居地。况且又和她的母亲世界上唯一的一位亲人远隔千里。记得父母亲讲，当年他们从西峰镇回老家，坐轿车、骑毛驴、徒步行、坐船穿过黄河，一走就是一个多月。那时的交通条件，对于母亲来说真的才是背井离乡，她的心情应该是非常复杂的。

从有记忆开始，我就和父母亲生活在一起。爷爷、奶奶已经去世，作为老大的我养父有同胞兄弟三人，我生父是老二，分家后他住在我们院子的隔壁，三叔住在同村的另一个地方。我和养父母及堂叔，共同住在老宅院里。那时，母亲 40 岁左右，但是在我的印象中，母亲一直就是那个样子，不老也不年轻，手巧、利索、要强。由于她在父亲生意场上经见得多，所以女红之类的绣花、剪纸和针线活样样都行，因而也受到邻居们的热捧。除此外，母亲在厨事方面也比较讲究，过冬时节，她总要腌制好几种咸菜，有腌韭菜、芥菜丝、腌白菜、腌辣椒和酸菜等。因此，当时村里来了下乡干部，派饭一般都安排在我们家，有时村里的干部也借机到我家陪吃。父母亲都是厚道人，和村干部处得不错。父亲因解放前在西峰镇做生意被土匪打劫致残，我们家会受到村里的一些照顾。父亲左胳膊伤残，加之整天在村里忙一些公务，很少过问家务事，我家房子的墙壁多少年来烟熏火燎，看上去很不景气。母亲要强，便安排我和泥，她掌泥瓦刀。那时，我可能十三四岁，还是个孩子。娘儿俩硬是把这应该是农村有技术、全劳力的活儿干完了。母亲泥的墙很平整，还抹出了光泽。至于生产队的农活，母亲虽然不是本地人，但农村的割麦子、种棉花、收玉茭、点瓜种豆，毕竟不是什么技术含量很高的活儿，母亲跟上干几次就都学会了，何况母亲又很灵性。其实，农活并没有多少技巧，肯出力气就行。

  尽管如此，母亲的心里一定是很孤独的。在此地，她没有亲人。有个娘家，就是镇上村子里的祖亲，还是回到老家后自己去攀上的。其实，和母亲平辈的舅舅，或者是快出五服，或者已经出了五服。每年春节，我跟上母亲走亲戚，总好像是到邻居家串门的感觉。那时，虽然我不太懂事，也比较内向，现在想起来，母亲总像是在走程序，只为寻得心理上的一种满足。我们这个家族，父辈同胞兄弟三人，加上同堂兄弟一共四家，热闹倒是热闹，但是，妯娌之间，无论从哪个角度总会产生一些磕绊，有些能说出来，发泄一下平衡心理；有些难于启齿，只能窝在心里发霉变味。

母亲作为长门长媳，处在一个特殊的位置，是矛盾的集中点。父亲不惹事、不多事也不管事，虽然有老大风范，但积压在母亲身上或多或少的矛盾，只能由母亲自行消解。最尴尬的是母亲没有嫡生。我和姐姐都是抱养，这种没有血缘关系的家庭，最难将就，打不得，骂不得，爱不透，亲不深，我们无论做得对还是做得不对，我们的表现无论是卓异还是差池，母亲总好像是寺庙里面含笑的菩萨，保持距离或者像隔着幕帘看戏。其实母亲心里很苦。

母亲心里很痛苦，她没有能和她掏心窝子说话的至亲，还得忍受当时农村贫乏的生活。母亲身材娇小，又是小脚，身体状况也不太好。每天既要参加生产队的劳动，还有一天三顿的饭要做。那时全家的衣服，必须是从纺线、织布开始再到裁剪、绱鞋一条龙完成，丝毫不能假手他人。记得当年，在我玩性大和爬山下沟干活多的时候，一个月就能穿破一双布鞋。在我的记忆里，母亲很少有开怀畅笑的事情，唯一一次带给母亲喜悦的记忆，是我的舅父带了外祖母千里迢迢从甘肃泾川（现在甘肃平凉所辖的一个县）来到我们家。我记不清了，应该是收到我们的邀请而辛苦赶来的。这可让母亲喜出望外，因为这是分别20年后的母女相逢啊。舅舅是外祖母的养子，对外祖母也比较孝敬，这是母亲感到欣慰的一点。但是，泾川属陇东地域，当时比晋南还要贫困一些。舅舅待了一段时间，带了一些东西先行回去，留下外祖母和我们同吃、同住，待了将近一年。这一段时间应该是母亲一生中最充实、最具幸福感的生活。虽然那时候母亲年纪也不小了，但是在祖母面前，她可以做回女儿，可以尽孝，可以撒娇，整天满脸笑意，是那种发自内心由里而外的笑！可惜，那时我少不更事，加上性格的缺陷，不记得曾为外祖母做过什么让她欣悦的事。相反，我不开眉眼的表情，往往会给人"脸难看"的印象。及至外祖母要回甘肃的时候，是我家出路费，母亲请我四叔送至西安，然后，让外祖母搭上长途汽车回到甘肃泾川县的。我那时候十四五岁，还没有出远门的经验及护送老人的能力，这成为后来我心头一直抹不掉的痛。

外祖母回去之后，我们家里的日子又归于平静。这种平静没有维持几年，又发生了一件大事。有一天，我父亲收到一封甘肃泾川的来信，打开一看，是通报我外祖母逝世的消息，而且已经办完了丧事。这对于我母亲来说，是犹如天塌下来的事情。怕母亲接受不了，我和父亲就把这事暂时压了下来。其实，本家、邻居慢慢已经都知道了此事，只有母亲还蒙在鼓里。

现在推想，可能那时母亲已经从周围人的言谈举止中感觉到一些什么，只是不愿问、不敢问而已。有一天在巷口，我听父亲给别人说，他把"炮"给点了。我马上意识到我们家将要发生点什么。

回到家，见母亲哭成个泪人。一边哭一边给自己缝丧服。缝好丧服，又准备冥衣冥币，然后又烧纸又祭奠，整整哭了好几天。可不，外祖母是母亲最最牵挂的娘家人，虽相隔千里，总还是个念想，那是母亲的精神支柱！如今外祖母离她而去，母亲心灵上彻底孤独，她怎能不悲伤？可那时，我太不懂事。为啥就没陪母亲同时祭奠？即使哭不出声，难道还不能磕几个头，聊以慰藉母亲悲伤的心情？不得不说，在这些事情上我确实有些懵懂。

是的，我的顽劣还表现在不谙世事上。由于父母对我的管教就是放任，导致我习性散漫，不轨不物，办什么事很少从全家角度考虑。记得十几岁的时候，时代大背景使得我们的上学时断时续，回村务农吧，也不算是全劳力，每天空闲时间，从不考虑帮母亲干活，就是胡写乱画，就是翻看闲书，要不就是学拉二胡。对了，我家的那把二胡，还是在家庭很困难的情况下跟母亲要了钱到县城三块两毛三买的。后来，学二胡学得入了迷，不分时辰，甚至严重影响家人和邻居的休息，也耽误了好些家务活。本来我父亲就有残疾，加之上了年纪，挑水已经很费劲，而我还和父亲暗中推托。做饭时，瓮底朝天，无水为炊，母亲不得不到处喊我挑水做饭。最后，母亲气得把我的二胡藏了起来。我问起，她谎称填火门里烧了。窥斑见豹，可知我那时在家里的不识时务。感谢母亲无边的宽容和海涵。

之后我们家的变故，带给母亲的苦难和忧愁更是难以言说。

1971年，恢复高中招生，我有幸被推荐上了学。上学就意味着不能在生产队劳动挣工分，反要给学校交学费和生活费。父母亲已经上了年纪，父亲身体有恙，家里的活和在生产队劳动挣工分的事全靠母亲。好在父母亲长期以来善作善为，赢得村干部的照顾，总会给父亲母亲派一些力所能及的活计：春天，生产队轮作倒茬，要把生长好几年的老苜蓿根刨出来，父母亲用斧头把老根砸开，分瓣，让饲养员铡了喂牲口；夏天碾麦时，社员们回家吃饭，父母亲更多的时间是看场；秋天是庄稼成熟的季节，父母就到生产队的玉米地、谷子地、棉花地看庄稼或者看柿子；冬天，农业学大寨修田整地，父母便干一些烧开水之类的事。每当礼拜六放假，我便从十里地外的学校赶回来，看父母干什么活，顺带帮他们一把。我一边帮他们干，一边看着他们苍老的面容，难免心酸。再后来，我高中毕业，回到村里参加劳动，虽然能替父母减轻一些负担，但不幸的事又发生了：父亲患了脑血栓。求医治病半年之后，父亲仍落下一个半身不遂，这就给母亲带来了沉重的负担。父亲每天睡觉、起床衣扣都要靠母亲来解、来扣。至于洗衣服、做饭和家务活则全靠母亲。那时我虽然在父母身边，但当了个村里的小干部，整天跑东跑西，很少能为母亲减轻点负担。说话间就到了1976年，我不甘寂寞，报名加推荐到中专上学，学校在稷山，离家五六十里地，不能每礼拜都回家，可想而知，两个半失能老人在农村的这种空巢生活有多难！空巢老人，我家几十年前就是活生生的标本。不要说干活挣工分，就连用水都成了头等大事。黄土高原普遍缺水，根本没有自来水，做饭、洗衣、人畜用水，都要从旱井里挑。父亲偏瘫，母亲只能央求邻居亲戚帮忙。农耕社会，从来都是自给自足，作为年迈的母亲，还要伺候父亲，这种请托求人的为难事，不知得有多少。

事还没完。我是个不安分守己的人，师范毕业工作，说是社来社去，也就是上学前从哪来再回哪去。一气之下，我不考虑家庭的实际情况，又报名参加了1978年的高考。学校倒是考上了，但是临别之前，母亲表现得很无奈：既没有能力支持我上学，家里可以说已经没有分文；但又不愿阻止我去上学，毕竟这是在走正路，也是时代的潮流。万般无奈，在乡友的赞助下，我和母亲含泪分手。

上大学时，我已经24岁，那时这个年龄就是十足的成年人了，不少人已是村干部。不能说我不懂事，也不能说我不为家里着想。高调说，是为了理想信念；落地说，实在是爱莫能助。上大学次年，农村实行联产承包责任制，麦子还是青苗时就划分到各户。这个消息我是在家信中看到的。这个信息同时也提醒我，收麦时，我是必须要回老家的。到了麦收的时候，我跟班主任请假，班主任不同意。现在想，班主任不同意是有道理的，一是恢复高考后，要争分夺秒把功课学好，二是大学不比农村的学校，它不考虑农忙和学业的关系。农村学校，麦收要放麦假，秋收又放秋假。班主任太不了解农村了，也太不了解我这个特殊的家庭。情急之下我和班主任争辩起来，情绪上也不怎么控制，班主任见我急眼，没办法，只能放我一马。回到家，我和母亲一起割麦子，割完麦子又一个人往家拉。拉完麦子，又和母亲在场里开始第一家碾麦子。碾完麦子，又请几个兄弟和姐夫扇麦子。我们老家的农事习惯是用风车扇场，不是扬场。晚上连轴干把麦子扇出来，还要把扇出的麦壳担走，把场地收拾干净，天一亮，别的农户还要摊场碾麦子。就这样，我和母亲30多个小时没合过眼。母亲靠喝镇痛片支撑，而我不习惯这种连续的强体力劳动，等收割完麦子便累倒了，还住了几天医院。假期结束归校之时，我问母亲还需要啥时，母亲说，不需要啥，只要把麦子晒干装到瓮里，我心就踏实了。要强的母亲，能跟我要啥？要钱，我还正在花钱时期；想要我陪在她身边，明知道我必须上学。她老人家只能着眼最低的生活保障，以填饱肚子为满足，可敬的母亲！

尽管家里的生活非常窘迫，母亲仍然要为我男大当婚而操劳。上大学之前，我已经到了结婚的年龄，但由于我不满足现状，仍想成龙变虎，害得父母抱不上孙子。但是，母亲却在默默为我准备婚事，买了新席子，请人擀了毛毡，自己纺线、织布，缝了被褥等。父亲的病日渐加重，为了抢时间，亲戚、本家向我现身说法，硬是让我在大学毕业前一年就办了婚事。婚事的费用，尽管是我5元、10元最多50元筹借的，但是，母亲在那样的年纪和身体状况下，还操劳、费心，并承受着生活异常困顿的压力，现在想起来仍不免心酸。好在妻子当时已经参加了工作，每月有 30 多块钱的工资。感谢妻子既成全了我家的圆满，又解救我家于一时的水深火热。婚后一年多，妻子生了一个可爱的小姑娘，给父母带来了无比的欢乐。其时父亲身体已经相当羸弱，他喜滋滋地把孙子抱在怀里，精神大好。当然伺候月婆和吃奶的孩子，给母亲增加了又一份辛劳。

天有不测风雨。大学毕业分配工作的时候，原想能分回老家，以便为家里分忧解难，但因各种因素，未能如愿，留在了太原工作。就在我工作半年多的时候，老家来了长途电话，说父亲病危，让我立即回家。从此之后，一听说有我的长途电话或电报，我就心跳加速。回到老家，父亲已经昏迷不醒，当时农村的医疗条件和我家的经济状况都极其糟糕，即使有村卫生所的抢救，也只能看着父亲遥走天国。料理完父亲的后事，正好是中秋节。晚上，母亲在院子中间摆上小方桌，桌上放了几碟祭品。皓月当空，我和母亲坐在桌子的两边，默默无语。我在想，父亲在世，这个家还是个圆满的家，家有两老，犹如两宝。即使颤颤巍巍的父亲对于母亲来说是个累赘，但是长期以来两老相濡以沫，是各自精神上的重要慰藉。现在父亲辞世，只有母亲一人，这个家就破碎了。以后母亲如何生活？靠什么过活？我作为一家之主不免茫然，想来母亲只会更加茫然。中秋的月亮是圆满的，可我们这个家不圆满了。此时，母亲一定是沉思着，自己从哪里来，要到哪里去，哪条路是自己的归宿，哪里的环境能抚慰自己孤独的心灵。中秋的月光洒满我们清冷的院落，我和母亲相对无言，心里却翻江倒海，思忖着、思忖着……

父亲去世，我才明显感到母亲确实老了。皱纹满脸，神色疲惫，忧愁一直笼罩着她。我在太原上班，妻子带着孩子在老家的乡校教书，礼拜天或者假期回到家里，请母亲代管孩子，才能空出手帮母亲干些家务，或者到地里干一些农活。这些，或多或少都能给母亲带来一点快乐。妻子上班后，母亲仍然是一个人守在家里。我家的四合院，好几年前，四叔他们又划了一块新院基，迁走了。整个院子，平时就是母亲一个人。想那漆黑的夜晚，满院寂静，只有一盏孤灯陪伴着母亲，世界对她来说是如此的凄凉，人生对她来说是如此熬煎。好在不几年，妻子又生了一个男孩，当时正是麦收，我亦请假回家，全家聚齐，充满生机的家庭，让母亲满脸喜气。两个孩子，相隔两年，你哭他笑，你吃她喝，忙坏了母亲，也乐坏了母亲。

又过了一年，我在太原调动了工作。新单位的领导非常热心，一报到就要为我解决两地分居问题，并及时地为我夫人联系了工作单位。我对母亲说，我妻子调太原工作，我们只能管一个孩子。如果母亲跟我们去，就带上小的，把大的留在老家让亲戚带。母亲不愿意到太原，她愿意在家照护小的。母亲说，你们把大的带上，到太原就能上幼儿园了。无论我们如何劝说，母亲也不愿意跟我们同行。小儿子当时只有一岁多，我们想让母亲跟上我们看儿子，我俩就都放心，这也是我们反复商量的不二优选。但是，千说万说，母亲始终不同意。可能母亲认为，她在家看孙子不拖累我们，不影响我们上班。也可能母亲在考虑，人生的最后一站，不能再漂泊了。本来这个世界对她就太刻薄，父亲早逝，母亲嫁人，没有兄妹，孤身一人。难不成老了老了，再把这把老骨头葬身异地？母亲到底是怎么想的，我们无法得知。如果按我的安排，可能会好一些，但是老人很固执，我们只能顺从。临走时，妻子号啕大哭，一步一回头。儿子被他的堂姐哄着玩去了，但这也难免妻子的伤心痛苦。孩子是娘身上掉下来的肉啊，才一岁多，今后如何吃如何睡，想妈妈时到哪里找，身体不舒服时谁领他去看病，一万个牵念，涌上心头。我的悲哀在于，母亲这样的年纪这样的身体，我不但不能奉养，还要让她为我分忧解愁！

1985年8月，我和妻子带着3岁多的女儿到了太原，准备9月的新学年开学，妻子要到学校上班。从此，两地书，长思念，情更怯，难入眠。妻子每天哭哭啼啼，我每天愁眉不展。就在这度日如年的煎熬中，老家突然来电话，说母亲去世了。听到这个噩耗，犹如晴天霹雳。我安顿好妻子和女儿，独自先行往老家赶。母亲患病肠梗阻，这种病中医称绞肠痧，一犯病，心腹绞痛，如锥刺、似刀剐，欲吐不吐，欲泻难泻。患这种病的原因有好几种，迄今我也没弄清母亲到底是因为什么原因染上了此病。可以肯定地说，一个六七十岁的老人，自己体质又不好，家里生活拮据，饮食条件也一般。母亲还要照护嗷嗷待哺的孙子，很难让自己周全，加上担惊受怕，心急火燎，吃不好，睡不宁，那是肯定的。这些都是患病的主要诱因。其实，从我们离家到母亲病故，也才两三个月，这短短的时间，对于母亲来说，恐怕正像是在炼狱中度日，像在刀尖上生活，像是在和恶魔博弈。母亲太弱势了，悔不当初啊，我对母亲独自带小孙孙生活的能力估计过高了，可我能有什么别的办法？

料理完母亲的后事，我在老家住了好几天。这几天，一是完成农村丧事的各种程序，二是归置院子和房屋里的家什物件。母亲在这院子里生活了几十年，她和父亲在这里守家护院，添砖加瓦；辛勤劳作，友善邻里；养我成家立室，怡然含饴弄孙。这里有她喜悦的笑声，也有她辛勤的汗水；有她悲伤的泪滴，也有她无奈的叹息。这个院子充满母亲一生的生活气息，也留下母亲不同阶段的影子，也必将成为我精神上的永久牵念。丧假期满，我眼含泪水锁了大门，向远方走去，留下空荡荡的院子在身后……

母亲去世已经 30 多年了。30 多年里，我一直想写篇怀念母亲的文章，以表达对母亲的养育之恩。可我怎么也理不出个头绪，总是无法下笔。想写母亲和我的真挚感情，可母亲在我的印象里，从来没有动人心弦的情节，她是很内敛矜持的人；想写母亲对我的谆谆教诲和点拨，可在我的追忆中，丝毫找不见母亲有哲理的语言，她讷于言而慎于行。因此，怀念母亲的文章，欲写不能，欲罢难休。是的，我的母亲，不同于天下的母亲，素材太纠结，内容太复杂。无奈，愁肠百结之后，我只能以流水账的方式来构思来开笔。在叙述的过程中，为了突出母亲的主题，删减了与母亲、与我家相关联的一些人和事。其实，在我同母亲共同生活的岁月里，我家友好的乡邻、本家以及亲戚都给予了极大的帮助，特别是我到太原闯荡之后，我的同胞兄弟，我的生父生母，我的同堂兄弟姐妹，都守护、关照着我的父母亲。母亲患病之时，正是我的生身父母接管了我的儿子，我的友朋至亲用担架把母亲抬送到乡里的医院。

耳顺之年后，对母亲的思念更加强烈。子欲养而亲不待的现实让我无限焦虑，无限痛苦。我在想，如果母亲仍在世，她如果在城里和我们一起生活，肯定是我和夫人一天三顿饭变着花样给她做。也可以陪她到街上的超市、公园、影剧院消遣美好的时光。如果母亲在城里住不惯，我可以陪她回老家。我现在有大把的时间，儿女都独立生活了，在老家，我们一同吃，一同住，一同在街头巷尾和同村的老人们说唐朝古话，讲家长里短。如果厌倦了，我可以用平车拉上母亲到她曾经劳动过的地块，看一看庄稼长势如何，看一看现代农业和种植。如果还有兴致，再陪她赶赶集，几只油糕，一碗羊肉泡，岂不美哉？

子欲养而亲不待，亲情之痛，莫过于此。只能以"人事有代谢，往来成古今"宽慰己怀。在美好的痴心妄想中，我还做了一件事。前面说过，我的外祖母在陇东还养育了一个舅舅，20多年前已去世，可他的儿子以前和我曾保持书信来往，后来就音信全无了。我想做的一件事是，找一个合适的时间，到甘肃泾川县，替我母亲给外祖母上一上坟，烧一烧纸，以了却之前各种因素不能表达的心愿。于是，我就给远在千里外的表弟写了一封信，谈了我的想法，寻找联系的方式，询问目前的情况。地址很准确，县、乡、村都是原来信封上的，并且，还在信封上写了我家座机的电话号码。信寄出去后，我算着时间一直在等。等啊等，总是不见回音。因为信封上的座机号码，是随时可以联系的。就是给我回信，半个月也可以打个来回。况且现在的交通、通信条件要比过去好多了。突然，有一天，我家座机的电话响了，看到是甘肃的区号我喜出望外。来电话的是表弟村里的县乡包村干部，这个年轻人很负责。他告我，我的表弟半年前已经去世。他有两个儿子，一个到新疆打工，一个在县里工作。表弟的媳妇，也到县里给儿子看孩子去了，他家现在没人，门也上了锁。真是人生无常啊！

在天国的母亲，你放心。我一定替你表达我的心愿。2007年，我在我家族墓地已给父母立了碑，年年清明上坟，逢年过节祭奠。

我的母亲！

我的隐私

尿床算不算一种疾病，到现在我也搞不清楚；但是作为我难以启齿的隐私，它折磨了我小半生。

如乡下人形象的说法，自打记事时起，就天天在被褥上面"画地图"，似乎没有停止过。多数情况下，夜里尿湿了褥子，父亲会把我拉到他的被窝里避难；大人发现不了时，就只能凭自己的生理本能来斡旋了。反正那时年纪小，每天晚上尿不尿、尿多少，第二天都有母亲来处理：天气晴朗，就搭到院子里的铁丝上晾晒；如果是雪雨天，就在炕头上烘干。但是随着年龄的增长，老这么尿床，总不是一件体面的事情，何况将来还要走东闯西、结婚娶妻，丢人败兴不说，会严重影响正常生活的。

后来，我父亲打听到邻村有一位屠夫，说是能治疗这毛病。于是父亲就领上我去找此人。记不得当时，父亲带的礼物还是给的现金，反正他很热情地接待了我们，并给了一个偏方：用一张黄表纸晚上垫在褥子上面，尿湿以后，第二天把黄表纸晾干烧成灰，加水冲服。按正常的认知水平，这偏方纯粹没有什么科学道理；硬要说有什么作用，充其量只能算是心理暗示！不管父亲如何按方操作，多次辛苦，每天晚上照尿不误。父亲说，可能还得有个过程，要不然就是我的尿床症比较特别，要不人家的偏方咋就不起作用呢？父母亲和普通农村老百姓一样，十足老实，丝毫不怀疑偏方能偏到哪。

待我十三四岁时，到邻村走读上高小，每天都回家食宿。虽然痼疾难愈，但在外不显山不露水，宛若常人。有一次，我们村几个男生和另一个村的几个男生闹起矛盾，互相对骂起来，对方一个同学指认我每天尿床，还有脸和他们吵架。打人不打脸，骂人不揭短。当时的年龄，正是我刚懂得自尊和容易害羞的时段，对方打脸揭短的骂战，让我的隐私暴露无遗，使我方不战自败，让我连续难受了好些天。后来，村里来了一支解放军医疗队，为村民针灸治病。学校安排了时间，让有病的同学排队就诊。可我这种不痛不痒，说病不是病，说不是病又天天折磨人的症状，该当如何是好？那个年龄段，既弄不清尿床的医学本质，面对生人更羞于启齿，何况大夫都是比我大不了几岁的女军人。考虑再三，为了不再忍受痛苦和别人的羞辱，我硬着头皮排队就诊。轮到我时，女医生问我什么病，我斗胆说是尿床。其实，从小到现在，老家人都把这种毛病叫尿炕。大夫一听就明白了，让我趴到床上解下裤子，找几个穴位，提插捻转一气，便算完事；也没说还需要几次，第二天还要不要来。其实，那就是20世纪60年代中期解放军医疗队的工作创举，山一程水一程，走过即了，他们第二天就开拔了。给我扎针的女军医，顶大也就是十八九岁的大姑娘。没效果，也无大碍，因为之后的上初中，即七年制学校的六七年级，我依然是在邻村上学，依然是走读，住宿在家。

上高中，必须要住校。作为长期的尿床专业户，真心尴尬了。不去上学吧，好容易才被推荐上，那可是20世纪70年代特殊时期的第一届高中生；背上铺盖去吧，就意味着赴汤蹈火，需忍受两年之久水深火热的校园集体生活。家里、邻居和村干部们，大家都抱着关心的态度，说法却不一：有的说，出门在外尿床是最不好处理的问题，而且家里老人年龄都大了，缺少劳力，不去就不去了；有的说，尿床就尿床，克服克服两年就过去了，以后找工作或考学校，尿床不会是被拒的理由，考试分数不够，那可是万万不行。听了各方意见，我还是决定要上学。当时的乡村高中，条件虽然简陋，但是校舍很标准。教学区、宿舍区、操场、食堂都很宽敞，还有大大的果园是教学实践区。到校后，我们住的即是实心土炕的大通铺。一个宿舍两排靠墙实心土炕，中间是过道。每个大通铺住六七个，人挨人，每个人只占五六十厘米宽，两个人中间褥子压褥子，没法全展开。这时，我已十六七岁，不一定每天尿床，但尿一次也足以让我忧心忡忡。每当晚上有了情况，第二天早上就要考虑几种方案，采取相应的措施。如果褥子不太湿，就另取一个褥单子铺上，遮羞挡愧；如果是尿在被子上，还好隐瞒，因为褥子平安无事，我可以公开地拿出去说是晒被子。如果哪天晚上"洪水泛滥"把褥子都淹没了，明摆着的犯案现场我可真是一筹莫展。先用被子苫了，等同学们都去教室后我再偷偷跑回宿舍，拿出去晾晒。常在河边走，哪能不湿鞋。有时难免浸湿邻近同学的被褥，虽然不太严重，但不排除同学们的敏感，只是同学不明说罢了。好在我睡的是靠窗户的位置，只有一边邻着同学，而这位同学和我又非常投缘，性格平和温顺，从来没有让我难堪过。其实，我想满宿舍的同学都应该知道我的劣行，谁人背后没人说？谁人背后不说人？何况那每天满屋子的尿骚味就是不言的明证。还有，我们认真负责的班主任，还不时明察暗访，他是大学毕业生，有丰富的管理学生经验，早心知肚明了。我就这样在瞒瞒哄哄、度日如年中完成了高中学业。

高中毕业后，我又回乡参加生产劳动，自然又是和父母亲在一块生活，尿床就不再是我的思想负担。在农村干了两三年，由于既当村里的干部，又发挥了我所学特长，当时公社（现乡政府）领导发现我还能写写画画，就抽调我到公社办公室工作，主要是填统计报表。特别是农忙时节，每天都要统计所辖各行政村的生产进度，而且是每晚必须统计完，汇总后还要给县里汇报统计数字。其时，村干部都是吃了晚饭才到大队部（现村委会）接受电话统计，电话线和广播线串线，噪音非常大，统计起来很费劲，每天都要到深更半夜。这样我就必须吃住在公社。当时我已20出头，岁数增长了，老毛病还在。好在这时我一个人住在办公室里，无论如何容易善后。尽管如此，办公室位于公社大门（朝西）里左手头一间，办公室门前便是人来人往的大院开阔地，没有晾晒衣物的绳子，也不允许有这样煞风景的设置，所以，每当遇到尴尬，我必趁大家都没起床，或等其他干部都外出下乡，才能偷偷摸摸到大院后面背角旮旯的绳子上晾晒被褥，晚上再收回来。平时，我也可以换洗床上的被褥，也可以用干净的床单伪装苫盖，这就比上高中住集体宿舍时好操作多了。公社接近农村，但毕竟是管理机关，机关人员比学生、农村人的素质要高，而且公社来来往往的也都是些场面上的人物，因此，我在公社的日日夜夜里，仍然是提心吊胆。

1976年大中专开始招生，仍然是推荐才能上学，我便报了名。尽管当时我父亲已患脑血栓丧失劳动能力，我还是想继续上学读书。我要上学，公社领导也不愿意放行。培养一个干部不容易，另找一个熟练了工作程序的工作人员也不容易。当时分管人事的副书记找我谈话，强调要我在公社好好干，并说，将来县委书记不让你当？哈哈，县委书记！公社书记我都不敢想，村支书让我当我也不敢当。其实当时我就是想念书，至于将来干什么，我并没有理想，也没有目标，我是一个心无大志的人。副书记见说不动我，也就默认了。这领导是个直性子，人品又好，他叫王树旺。只是那一年，是教育发展的最低谷，没有几个大学招生，所以我被安排到师范学校。通知书到手后，其他我倒没有多少顾虑，唯这小小不言的"寡人暗疾"，让我黯然神伤。

师范学校离我家较远，当时交通也不方便，礼拜天只休周日，一礼拜也很难回一次家。学校的条件虽然比高中要好，而且一个月还享受16元的助学金，除了伙食费，每个人还发3块钱的书本费。但住的仍然是集体宿舍，仍然是实心土炕，仍然是十几个人分两排住。我仍然是睡在窗户跟前，仍然是每天魂不守舍。要知道这个年龄段，对所有人来说，正是情窦已开、善于抒情的时节，青年男女都愿意把自己最美好的品行展现出来，可我的缺陷使得我心理脆弱。当时我已经20多岁，又是班干部，入党好几年，还是年级党支部书记。说这些并不是显摆，过去这些都没什么实际意义，现在更没有显摆的必要。只是想说明，那时我在同学中已能倚老卖老，也到了死猪不怕开水烫的程度。而且，已学会理性地安排生活。比如说，每天晚饭尽量不喝水；比如说，我铺两层褥子，中间夹一层塑料布。尽管如此，这只是预防和控制，没法根治。难免的异味和我怪异的行为，瞒不过本宿舍的同学。况且，那时还要学工、学农、学军，还要带上铺盖下乡支农，欲盖弥彰，极大地损伤了我的颜面和自尊。

斗转星移，经过师范生活越冬历夏的日日夜夜，被褥难免要拆洗。作为一名男生，笨手笨脚自然可以想象，考虑再三，只能求助于本班女同学。两位女同学很热情，利用礼拜天一个晴好的天气，就把我的被褥拆洗、缝缀好了。殊不知，这次拆洗的过程，也是那两名女同学发现我隐私的过程。被褥拆洗好了，她们也对我深入了解了：我是一个尿床惯犯。不用说，消息很快传到女同学圈里。师范女同学占比较高，这等于全班同学都知道了，而且还传到当时我比较看好、后来成为我妻子的女同学耳里。当然，这是后话，是我妻子后来告我的。这种包羞忍耻的心理，伴随了我两年的师范求学。但是，我要诚挚地感谢后来成为我妻子的这位女同学，她得知真相后不离不弃，和我进一步发展着恋情。

我们那一届师范生，属于最后一批推荐上学的工农兵学员，毕业后不包分配，哪里来哪里去。万般无奈，我又准备参加1978年的高考。就在离校时，我向后来成为我妻子的女同学表明了态度，埋头复习功课，备战高考。考中了！大学的条件要好得多，一人一张床。哪想到，长途奔波累塌了的25岁的我，入学第一天晚上就以挥洒自如的绘画形式，奠基了我的大学生活。不只如此，赶火车的前一天晚上，在我姐夫单位歇脚。他刚刚分配到一套新房，还未入住，为了表示对我的祝贺，他专门准备了新被褥，安排我住新房里，以示暖房之意。第二天他赶过来送我时，却发现我给他新房的贺礼，就是新床上的"泼墨画"，主宾皆尴尬。不管什么原因，说明我还是以前的我，虽然已届青春年华，仍然未能"洗心革面"。

大学宿舍四个同学，他们都比我小，最大的小我四岁，最小的小我七八岁。这样大的年龄差，很方便建立起长幼有序的社交礼仪。几位同舍都非常尊重我。或许因为我的年龄已经基本能控制"不轨"行为，或许我已经积累了善后的丰富经验，或许我的同学也都历练出对"难言之隐"的极大包容，总之，入大学一年多，虽然我也知道，他们能察觉到我的毛病，但是，我再也没有产生过难以逾越的思想负担。

我读大学时二十六七岁，师范毕业时交往的"她"也二十五六岁，已分配工作，在学校教书，加之父亲年迈患病，在我们工作、学习相对安定之后，双方家里就紧锣密鼓给我们张罗婚事。我们上大学那时，因为特殊年代，同学们年龄参差不齐，各有各的特殊情况，国家政策允许符合婚姻法年龄的在校生结婚。各方面准备停当之后，我在大学第二年寒假便在老家举行了婚礼。说来也怪，结婚的当晚，我还酣畅淋漓地创作了一幅收官之作，之后，就再也没有"胡作非为"了。其时，我离大学毕业还有一年多。

尿床，严重地影响了我的成长。疏于和人交往，办事悄声无息，长期心理自卑，不敢跨越雷池一步，不愿争强好胜，只怕别人掐短纠摄。但是，尿床也历练了我。长期以来，我就没有享受过絮软的被褥。特别是在物资困乏时期，即使是家里新缝的被褥，也经不起日积月累的尿浸水泡。久而久之，被褥就成了硬邦邦的寝物。何况，在特殊条件下，有时还须在半干不湿的状况下将就。因此，我也就养成了不太讲究生活条件、不甚要求工作环境的习惯。打从尿床的毛病不治自愈之后，我的精气神大有提升，性格也随之有了变化。

大学毕业，我已年近30。分配到新的单位以后，我的工作、生活就和常人一样。无论是下乡、出差，需要到哪里就到哪里，需要干什么就干什么。再也不为尿床而畏首畏尾，再也不为尿床而犯难发愁。

现在回想起来，如果因为尿床而放弃学业，那我也就只能窝在老家，经营着"三十亩地一头牛，老婆孩子热炕头"的生活。庆幸自己硬是忍气吞声、含辛茹苦，上了一次学又一次学，才创造了行万里路、读万卷书、识无数人的机会。也正是因为尿床的顽疾，历练了我在人生路途上不畏困难、不惧屈辱的心志，跨过一道道岭又翻过一座座山，追求着诗与远方，享受着外边世界的馥郁芬芳。几十年来，因为工作我走遍了全国绝大部分省、市、自治区，甚至还因为旅游推介、招商引资和对外文化交流，到过世界许多国家和地区。见识了文化的灿烂、艺术的绚丽和名山大川的静好，领悟了佛家与心灵的修为、儒家与社会的守恒及道家与自然的相谐，感受到劳动的价值、创造的光荣和追求的伟大！

人没隐私真好，而尿床的隐私又成全了我。

找点时间

前几年,我沉湎于乡愁之类文章的写作时,往往是千思百虑难于下笔,原因是没有收集到有关的内容和资料,记忆中也很少有这方面的存盘。近来,为了梳理我父亲的生平,也曾奔波千里到甘肃省庆阳市,在那里的西峰区踏访父亲经商近 20 年的故地。由于没有第一手资料,也没有准确的口述记录,单凭口耳相传的材料,只能在原西峰镇北大街上找到大概的方位。至于店面的规模、院落的布局、房屋的格局,早已物是人非了。据说,"文化大革命"前已改造成照相馆,改革开放后又修葺为牛肉面馆,原始建筑早已荡然无存。而父亲当年经商创业的起承转合、酸甜苦辣,更是无从打听,难觅踪迹。

若问过往多少事,惜不拨弦未断时。

我和父母年龄的差距比较大。幼儿时期不懂得和父母交流,青少年时期又滋生了叛逆的心理,不要说主动沟通,就连父母平时关键性的嘱咐,我也是待听不待听。长大成年后,因外出求学和工作,和家人更是聚少离多。即使是放假或探亲,也是白天独自劳动干活,晚上各自一屋休息，真正能够和父母交流的时间，也就是一日三餐的三对面。粗茶淡饭仅为饱，在农村简单呆板的饭桌上，还能说些什么呢？何况，自我20岁离开家乡，一直在外为生活奔波。父母于我30岁左右时先后作古，都是收到电报匆匆忙忙赶回老家奔丧，阴阳两隔，哪还能听到任何临别嘱托？

现在，我才理解到"家有一老，如有一宝"的真义。饱经风霜的老人，他们经历过多少艰难困苦的事情，相处过多少生旦净丑的人物，惯看了秋月春风，体味了世态炎凉，这些正是他们漫漫人生积存起来的精神财富。何况，他们走过的路，他们父辈走过的路，他们父辈的父辈走过的路，本身就是人生奋斗史，就是社会发展史。他们代代的故事和经历，就是对中国传统文化的认知和践行。可我却在矜持之中，丧失了这个找点时间、找点空闲，常和父母沟通交流的良好机会。

找点空闲，挤出时间，常回家看看，首先是满足做儿女者的精神需要。一个成熟的人，往往是德孝为先。只有做到敬老孝亲，才能平复自己浮躁的心理，才能净化自己迷茫的思想，才能为自己的儿女当好做人的榜样，也才能使自己在职场上做人有威望，处事有担当。因此，常回家看看，和父母拉拉家常，对父母嘘寒问暖，干一干父母力不能及的事情，帮父母处理好亲朋友邻的关系，这既是人生的必修课，又是家庭的社会学，其中也能找到自己的成就感，体现自己的人生观，何乐而不为呢？

其实，找点时间，挤出空闲，经常和父母交流沟通的最高境界，是寻找自己从哪里来到哪里去的答案，是慎终追远的问题。一个人、一个家庭、一个家族，在一代一代的奋斗创业中，都遵循着践行着中华民族传统文化的精髓和要义，其一举一动，都是对民族精神的实践和弘扬。我们的父母，每一位创业者，都是传统文化和民族精神的传承者。虽然，他们创业的方式不同，形式各异，但都饱经沧桑，富有操守和德行。我们应该多和他们沟通，多向他们请教，多同他们相谋。记录他们奋斗的足迹，书写他们创业的艰辛，收藏他们人生的价值，延展他们追求的初心。

所谓"不听老人言，吃亏在眼前"，是说父母身上积存着丰富的阅世经验，你不接受、不汲取，你的人生一定会走弯路、受挫折。父母是人生的第一位老师，站在父母的肩上会看得更清、看得更远。有父母智慧加持，无须在人生的迷途中重新摸索；礼敬父母，不必舍近求远，"堂上二老是活佛，何须灵山朝世尊"。所以，要找点时间，挤出空闲，常回家看看。

有时候，我们可能被自己不成熟的理念和社会上不健康的生活方式所误导，认为父母很古板，自己已经了不起，不愿意和父母交流沟通。有时候认为父母身体很健康、能自理，不需要常回家看看；有时候认为自己工作忙、负担重，找不出时间和父母吃吃饭、聊聊天。其实，这些理由，要么是托词，要么是给自己台阶下。最主要的原因还是思想上不重视。人生说长也短，几十年挥手之间，父母恩深终有别。要珍惜当下的机缘，否则，不仅难于继承良好的家风，也难于尽到吾辈后伫的责任，更主要的是不能破译自己是从哪里来、又要到哪里去的人生悬疑。

找点时间，挤出空闲，常回家看看，不要给人生留下遗憾。

哥们儿 走着瞧

2019年因故去加拿大温哥华市住了一段时间。改革开放40年中，大陆的沿海城市和各个省会城市，我差不多也都考察学习过。近20多年来，我也去了一些国家，像美国、俄罗斯、印度及欧洲、东南亚一些国家，都曾走马观花。台湾、香港、澳门也曾数次去推介招商。因此，料想去温哥华也不会有什么新奇，只不过住一住罢了。但是，既来之就免不了走一走、看一看，这一走一看，便有了些感受。

温哥华位于加拿大不列颠哥伦比亚省西南部，太平洋沿岸，是加拿大的主要港口城市和重要经济中心，也是加拿大西部的政治、文化、旅游和交通中心。1886年4月6日正式设市，辖10个区和5个镇，现有人口60多万不到70万。温哥华三面环山一面靠水，地势平坦，河流纵横，森林遍布，气候温和。温哥华经济很发达，人均占有资源和产值很高，人口又少，应该说是世界上最宜居的城市之一。在自由漫游中，我想找一点文化，特别是历史文化。哪里找得到！你想，温哥华设市迄今才134年，仅有的一些佛教寺庙、伊斯兰清真寺和基督教教堂等公共设施，狭小简陋不说，历史最多也就数十年，明显缺乏历史厚重感，很难成为地理标志。

在一个多月的生活中，我也接触了几位当地人，其中有一位白人，他到过中国，似乎对大陆也很了解。在交流中，他很自豪地说，温哥华空气清新，水和食品也很安全，可放心享用。言外之意，中国大陆的环境让人难以接受。是的，我在温哥华的日子里，整天是蓝天白云，即使有阴雨天，也是流云飘浮，细雨绵绵，没有任何异味和烟尘。也见识了水的安全，无论是居家的自来水，还是公共场所的自动饮用水，都是打开水龙头就能喝。我也注意到无论是小河的水还是排水渠的水，水质都是一样的清澈，水鸟一群一群游弋在水面上，悠然自得，如入无人之境。

在温哥华居家生活，每天都要采购肉菜蛋奶和水果。虽然没有农贸市场和菜市场，但到超市买东西也很方便：超市店员都能熟练使用英语、普通话和粤语；超市的商品无论是品质、卫生标准还是花色品种，都令人满意。在温哥华，生活垃圾由每家每户自己送到垃圾回收站，按可回收、不可回收和厨余分别放置，环卫工人集中处理，既经济又环保。而且，垃圾回收站配备消毒液和洗手液，送完垃圾可顺便洗手、消毒，然后或上班，或外出办事，卫生又方便。

我对白人朋友说，确实如此。但中国是一个发展中国家，城乡差别、地区差别也不是一下子就能解决的。你到过中国，你必须承认，改革开放以来的中国的发展，差不多二十年一个新台阶，经济社会发展又快又好又稳。你再过二十年，不，十年之后去中国，就能感受到中国速度、中国效率和中国力量。与我相跟的华人给他翻译后，白人笑了笑。我又添了一句"不信？哥们儿走着瞧！"这句话翻译也无法准确翻出，只能尴尬地嘿嘿一笑。不是吗？现在国家把环保作为第一民生来抓，多少污染源被遏制，多少断流的水复流，清洁能源替代比例一天天加大，再加上铺天盖地搞绿化，稳步推进中的垃圾分类，这不都是显著的变化吗？这不正在一步步地比学赶超吗？

温哥华的宜居，胜在自然环境优美，也可以说是人和自然的和谐。这也是那位白人朋友骄傲所在。不错，温哥华到处是树木花草，到处是河流水面。不管是到公园还是在街道上行走，都感觉好像是在我们国家的乡间，野兔、松鼠随处可见，飞鸟一群一群地在草坪上觅食。建筑和建筑之间，基本上没有围墙隔离，户外基本设施也是同自然环境相协调的建构。休闲步道、街心广场、公共活动场所等，除了草坪，都是沙石垫就，整个城市很低调、朴素。

我也到过温哥华一些自成体系的街区和市镇，其大小相当于我们国家城市的一个街道，是一些独立或连体式的别墅群，容积率很低，街上很少能见到聚集在一块的人群，也根本没有塞车的现象。像温哥华这样的城市，已经没有城郊的概念，更没有城乡的差别。

除了城市还是城市，从事农业的人极少极少，而且都是机械化耕作，如果按工作性质划分，他们应该是农业工人，因为这里已经没有农村了。我们是在城市里边建公园、搞绿化，人家却是城市建在森林中。我们的一个城市几百万、上千万人口，大部分还是农村人口。而温哥华人口满打满算才六七十万，相当于我们一个中等县的规模。人均GDP，温哥华是我们的几倍，我们还正在扶贫攻坚。两个国家的国情不同，两个国家的历史不同，中国胜在近几十年的飞速发展，特别是2010年中国成为世界第二大经济体，想想看，中国人民为此付出了多少心血和汗水！

当然，审视当下的温哥华，就自然环境、文明程度和经济实力而言，确实是一个发达而宜居的城市。发达的地方，人们的生活就休闲，就自我，就讲究劳动保护，就追求生活品质。我们住地附近有两个建筑工地，每天早上搅拌机、卷扬机"轰隆""轰隆"响起来，一直到下午4点钟工人们下班，中午有一个小时休息吃饭。工人们在附近超市自助式选择饭菜，外加一听啤酒或可乐，或坐餐桌或坐到马路边，10加元就搞定午餐。向加籍华人打听建筑工地工人的收入，一般工人每月四五千加元，技术工人七八千加元，最多也就一万加元。这里的上班族一周休息两天，一到双休日，工地上一片寂静。加上温哥华的节日又多，逢节必休，一栋六七层楼要盖好几年。

说到这儿，我又想起一件事。20世纪80年代中期，市杂技团到西欧巡访演出，历时一个多月。回来之后，大家都为他们能出国而羡慕，我就问其中一位领队，出去有什么感受。他说，感受很多，最大的感受就是知道了帝国主义为什么是腐朽的、没落的、垂死的。他举了一个例子：演出的道具每到一地必得卸装，但当地工人既不智慧又不虚心，尤其耍狮子用的那个直径一米多的大木球要从车上卸下来，抱不动，举不起，滚怕摔，当地工人大眼瞪小眼盯着看好半天，也没想出好办法，还不虚心问。不就是架一片木板搭成个斜坡么！磨蹭几小时到饭点，工人拿出面包、火腿、饮料，午饭吃得那叫个认真！当时听这领队的振振有词，我一时无语。后来才略有所悟：发达国家经济基础好，工人会把劳动法赋予的权利和自由用到极限。

所以我对白人朋友说，我很羡慕你们的生活方式，但是，我们国家目前还比较落后，还不能像你们现在这样任性自在。撸起袖子加油干，一滴汗水摔八瓣，实干苦干加巧干，这是我们各项工程都能快速推进的心气基础，也是国家整体快速进步的不竭动力。

幸福都是奋斗出来的。经过这几十年的努力，中国已发生了翻天覆地的变化。我看到过俄罗斯民众的困顿，也看到过印度的贫民窟和脏乱差，即使是有些发达国家和地区，我也看到过他们发展动力的不足和社会不稳定因素的增加。因此，在温哥华和一位加籍太原人聊天，他说，咱们的国家现在确实强大了，我们这些在国外的华侨心里也有底气了。30年前,我们来时,人们的交流只用英语和粤语。粤语地位的提高,是因为1984年香港移民的涌入。而那时大陆华人的地位,还不如台湾来的人和日本人。现在好了,普通话也已经畅通无阻,你到超市,到旅游景点,到饭店,语言交流没有什么障碍吧?我说,是的。他又说,因为到温哥华的大陆华人,不是来投资,就是以一技之长来打拼,应该说都是中等阶层,能给当地带来利益,所以,华人的地位也在不断提升。我听完之后,就开玩笑地告诉他,你见了那个白人朋友,再把我的意思转告给他,就说,"哥们儿,走着瞧",请他十年以后,不,五年以后到太原来做客。不过,我们还要在软实力上下功夫。

心灵如何安放

进城至退休，正是改革开放 40 年的这一时段；积数十年城市生活的体会，深感社会发展日新月异。同时不得不说的是，城市是开放的，但每个家庭却是自成一体的；人虽然是与时俱进的，但心理却是比较自我的。退休之后，心想可以自由自在，可以随意走动，可以呼朋唤友，可以推杯换盏……社会给予老年人这样好的待遇，应该可以自由安排、随心所欲地生活，不然，总觉得心里少了点什么，时感不安。于是想回老家。

其实，身在城市生活这几十年，心却总在老家。是老家有父母？父母在 30 年前都去世了；老家有兄弟姐妹？这些年他们都陆续搬到邻近的城市生活了。细细想来，真实的原因是，我的人生码头在农村老家，那里有我的列祖列宗，有我的发小玩伴，有我人之初的生活气息和爬坡迈坎的深沉脚印。于是，在我临退休之前，便把老家的房子收拾了收拾，能满足基本生活需要。当我产生叶落归根、退隐山林想法的时候，便和夫人回到了老家。老家是自然的，老家是原生态的。老家的空气好，老家的水也没污染。在老家能吃上农家自种的粮食和蔬菜，也能吃上健身康体的各种野菜。在老家可以重温半耕半读、晴耕雨读的韵味，也可以享受农家"客至"的乐趣和欣慰。有事可以搭乘农用车去上集赶会，无意碰上邻家婚嫁之事还能沾点喜气。快乐倒是快乐，但是农村没有时间观念，有时把人弄得很累，甚至出现小急。白天闲隙想闲谝，你在村口见不着人，村民都下地干活谋营生了。晚上家里来些邻居亲朋，东一嘴西一嘴，你说东他道西，"三观"迥异。有心招待本家本族喝酒闲聊，难免言语碰撞，极易龃龉误会，让做东的主人很是难为情。给邻居亲朋送一些东西，他不说该送不该送，而是议论给谁送得多，给谁送得少。你想请人帮忙干点活，和你非常亲近的人，因不好意思接受工钱，借故回绝；专门打工挣钱的人，因村里的人情关系，又不能及时给你安排。在老家住上一个月，也许两个月，把该干的事告一段落，心生厌倦，便携家人返程。挥手之间，"梦里不知身是客，一晌贪欢"。老屋没有了父母，我只是故乡的客人。深感能回去的是老家，回不去的是心灵。

老家像一块烫手的山芋，近不得，忘不了。住城里吧，处处都染着过去工作、功利和世俗圈子的晕影。说不了解，都很熟悉；说不投机，却打了一辈子的交道；说从头开始，原来的根基仍在隐隐发酵。机缘凑巧，大家相聚，由于年龄的关系，基本上都会拣一些好听的话说；一旦饮酒过量，个别人仍不免要再拾起一些让人纠结的话题，借酒发挥。时过境迁，性格使然。虽不中听，真计较的人不多，何况中间还有人打哈哈，一笑了之吧。这样的聚会，多一次有多一次的好处，多消解，多弥合，人性从容万事休；不参加也有不参加的好处，谁不是一辈子为名利奔波，磕磕碰碰，哪能事事都由己？现在清闲了，往事不可追，不图热闹求自在，自娱自足，不亦乐乎。因之，也对"物以类聚，人以群分"有了进一步的理解。

不过，比较纯粹的人，还是当年的同学和战友。我没有参过军，当然没有战友。同学倒是不少，有初中的、高中的，也有中专和大学的。但是，不要说中学的同学，大学同学也都是近40年前的同窗了。20年前参加过一次大学同学的聚会，那是我们毕业20年再聚首，大家都还在工作岗位上，人生世事的长与短、彼此缘分的深与浅，都还不太了然。相聚就是简单的热闹，一味地热情、坦诚和挚爱，聚会完了就完了。近年又参加了高中同学的聚会，这些伙计可都是些40年没见过面的人了，有的名字也全然忘光，记忆中隐约还是他们十七八岁时的形象，跟眼前的真人死活对不上！聚会前先预习功课，从熟悉名字入手，回忆往事，钩沉印象，生怕见了面生疏、尴尬。饶是如此，见面仍不免小有难堪。40年岁月，40年风雨，时光剥蚀着每个人的形象，不管你怎么说好听话，每个人的形象都发生了实实在在的变化！大家都曾经沧海，人人皆年逾花甲，细细打量过去，一张口仍不免张冠李戴，只能相互打哈哈。好在大家年龄相类，思维接近，谁也甭笑话谁。只是相聚之间，曾风光过的，表现得都很谦虚，很热情；处于水深火热的，大家都给予抬举和安慰；有些因故不参加的，大家都能理解。毕竟人生的选项不一样，走的路径也不一样。同学们职业类别、工作性质、地域文化和生存状况之间的不同，都影响着相互之间的交流和沟通。聚会是了结一种心愿，聚会也是人生一种缘分的了结。真正大规模、全面性的同学聚会，都这么大的岁数了，身体又进入骤变的状态，谁还有能力再组织、敢组织？即使再组织，参加的人也只能是愈来愈少。当然，志趣相同的、身体状况尚可的、联系比较方便的同学，时不时聚一聚，也是莫大的乐趣。

我曾向一位智者讨教，心灵该往哪里安放？在城里没有亲戚，也没有几个知己；回农村老家，从心理上又回不到从前，酝酿不出多少共同语言；和职场同行相聚，频道各不相同；和同学、老乡相聚，"色香味"难以统一。智者说，人生得一知己足矣，你还要多少知己，我就是你的知己。心灵最好安放的地方就是家。夫妻俩响湿濡沫一辈子，互相磨合、互相影响、互相感染，同气连枝、同声相应，年老时还有什么不能接受不能适应的？老婆在哪里，哪里就是家；哪里是家，你就在哪里。有家就能安放心灵。我听了之后豁然开窍。可不是，人生在世，还有什么关系能比夫妻更了解、更知己、更知音、更走心的？

心灵往哪里安放，关键是要有一颗平常的心。社会已经给你发了一个位置图，闲身福位，你就是一个普通的人，自然的人，你就应该有一颗平常心。有了一颗平常心，就可以专心致力于自己的兴趣和爱好，把以前想做而没时间做、不能做的事情做好、做完美。可以把以前想去而没有去过的地方，不管是祖国的大好河山，还是世界各国的名胜风景，做个规划去游览。每天练练歌、跳跳舞，保持体形，增强体质。想和谁打麻将、下象棋、搞聚会、喝小酒你就约谁去。假如你有浓厚的乡愁，想回老家祭祖、访友、住住、游游，老家正是感恩善行的好去处。如果你还有未竟的家庭事业，帮扶儿女、含饴弄孙，只要身体允许，那就辛苦并快乐着吧，这也是人人永不言退的职责。当然，这些活动最好夫妻俩携手同行。唯其如此，心灵才是平静安宁的。

心 绪

退休多年的局级干部老王到了市美术馆,看到门边墙上贴着几个美展的题签。门口东一堆西一伙,熙熙攘攘都是人。看看没有当天开幕主办方的熟人,老王就通过安检通道走了进去。

头一天,主办方给老王打电话,请他参加今天美展开幕式并观展。老王回复说,凑巧家里有事,谢绝了。打电话的是老王原来的下级,现在已经是一个文化部门的主要领导了。

老王是美术爱好者,也能画几笔。他之所以谢绝,并不是家里真正有事,而是感觉难为情。如果答应去,就有一个车接车送的问题,现在机关都车改了,没什么公用车,不能给人家添麻烦。如果答应去,就得站场,人家得考虑座次,自己要戴花题字。大领导坐中间这自然不用说,可像自己这样的退休干部,年龄说小也大,说大却还小,还有好多和自己原来级别一样的现职领导,外加不是领导但在全国很有影响的书画家,就算是书画展这种场合座次排列并不十分严格讲究,但在主办方看来,位置如何排,还是相当费脑十分纠结的。还有,在参观过程中,主办方肯定是应该陪大领导和著名艺术家巡看解说。自己随性参观当然不错，又怕主办方担心冷落了自己而自责。想到这诸多不便，老王就谢绝了。

谢绝归谢绝，但老王心里仍是痒痒。老王不仅喜欢美术，退休以后还专攻美术，且是市老年美协的名誉主席。再加上这次美展是历年来市里重量级的，美术馆最近还有几个个展同时在开，也没看过。于是，老王决定一个人打的悄悄去看。

美术馆很大，有四五层之高，七八个展厅。特别是大厅，自上而下贯通各个楼层和展厅，形同天井；有此方便，开幕式的展台多数就安排在一层大厅，高大、空旷，设计上有点儿像艺术大卖场。老王走进来，本想避开在这里候场寒暄的人们，先到之前已开展的那些个展厅去观展。快走到步梯处时，正巧碰到昨天给他打电话的女局长。女局长是位干练、泼辣的优秀女性，快人快语，一见老王就拉住他的手说，我就说您应该来，给我们捧捧场。来了就好，走、走、走，快去签名戴花。说着，就把老王推到了签名处，让几位志愿者女娃娃安排老王签名题款，一边给老王穿针别花。之后，女局长就忙乎其他事去了。老王有点儿小遗憾：没计划上台，穿着随意了，现换哪里来得及！

开幕式时间到了。主持人和主办方的女局长忙着邀请嘉宾上台。习惯站台的那些人，你拉我拖呼啦啦就都上去了，老王站在那儿，上也不是，不上也不是，感到很尴尬。幸亏女局长扫视台下发现了老王，赶紧跑下来把他拉上去。女局长和老王退休时的级别一样，但人家是现职，三推两让，硬是把老王安排在她的上位。老王心里好不熨帖。站在台上，老王既不愿意和黑压压的观众对视，眼睛瞟来瞟去又显得很不严肃，硬着头皮才熬完了议程。

参观开始了。自然是主办方簇拥着嘉宾里的主要人物，从展厅里的前言开始导引参观。老王不愿随波逐流，他走向反面，从结束语的地方"倒行逆施"看起。观展吧，还是一个人看清静，可快可缓，能思考，能琢磨。碰到自己喜欢的风格，可比画辨略。一些抽象的、变形的，则一扫而过。正在看着，忽听有人问："王局长您也来了。"哦，原来是给女局长开车的小李。小李是八九年前老王从民政局接收安排的复转军人。老王轻描淡写地说："闲着没事，就过来看看。"小李问："您咋来的？"老王说："打的来的。"小李说："那回去时我把您捎上。"老王一听就有点后悔，赶紧补了一句："不用不用。"小李说："老领导，别客气，您先慢慢看着。"说完小李就转身走了。老王赶紧调整心情，专心看起精彩纷呈的画展。看着看着，前面一群人迎头拥过来了，离他还有十来米远，老王有意识地避到一边。对面来的这一拨儿，无论是有关领导还是书画圈子里的名家，大多数老王都认识，面对面，肯定要说许多不痛不痒的话，会影响大家观展的。眼尖嘴快的女局长还是看到了老王，她笑盈盈地走近说："看完了，我让人送送您。"老王赶紧摆手说：

"不用了。这个展看完了,我还要看别的展览,你忙你的,我这有车。"女局长说:"那我就不管了。"说完就赶上那一大群人继续陪同。老王心里想的是,美术馆离自己家十几千米远呢,哪能麻烦人家。

看完展览,时间还充裕,老王确实又看了看别的展览。他看的第二个展览,是不久之前刚从中国美术馆撤展回来的一个实力派画家的汇报展。画家当年从中国美院毕业,是经由老王做工作安排到市画院的。20多年过去,当年的后生成熟多了,画风别致,画出了新境界。老王不由感叹,江山代有才人出,不废江河万古流。心里也暗暗为自己当年识人、用人、帮人感到些微的欣慰。心情好,时间就过得快。看完这个汇报展,老王才发现时间不早了。要到距离不近的马路那边打的,老伴还跟他约定了吃饭时间,可不敢磨蹭了。急匆匆地下楼、再下楼,迈过宏阔的大厅,老王匆匆忙忙到了美术馆出口。

安检机旁边候着女局长、小李,还有一位是美术馆馆长。没容老王说话,女局长说:"其他嘉宾都送走了,我们就是在这等您,咱们一起走吧,正好路过您家。"老王还想嘴硬,嘟囔说:"我有车有车。"女局长说:"这还客气啥呀,小李都告我了。"馆长也在一旁添话说:"老领导,别客气了,你们一起走,我这也好放心。"老王没办法,只能在诸位的簇拥下,走向女局长的停车处。

霜林醉时识珍木

历史上，关于柿子树以及柿子的诗词文章很多，我以前在有关故乡题材的文章中也曾经描写过，故不拟再写。尤其是近年来，生于20世纪50年代左右见证并参与过农耕后来又上了大学的人，睹物思昔，情怀不已，把个柿子树连写带画带拍摄，作品充满了微信朋友圈及美篇等等新媒体，让人感觉此题材再无从下手。但是，随着对柿子树的更深入探究，对柿子文化意象和美学意义进一步理解，一向乐于表现的我，不免又技痒起来。

事情缘起于一棵柿子树。前几年，一位曾任职某大城市市长、年近八十的老者居住老家赋闲，听说某乡邻要把自家承包地里的一棵老柿子树卖给别人当柴烧。这棵柿子树，树身直径50厘米左右，少说也有三四百年高龄了。此树正好长在地块中间，影响耕种自不必说，当下来说也没有多少收益，成为处理对象，貌似理所当然。老先生听说后心里很不是滋味。也许他更能体谅古老大树在岁月风刀霜剑下生存的不易，也许漫长的人生阅历让他更添对古树名木的痴爱，再或者，这棵柿子树本身就是他青春与成长的见证，有他满满的青春记忆！于是，老先生找到乡邻，问这棵柿子树想卖多少钱，对方说100元。老先生说，200元卖给我行不行，对方当然乐意了。于是，老先生找来技术员，租了挖掘机和卡车，连挖带运，把老柿树拉到自己为植树造林而承包的一块河滩地里，郑重其事，另行栽培，以延续这棵老柿子树的生命。听说此事，我曾借回老家的机会，专门看望过老先生，看到了这棵新移植的老柿子树。我问老先生，为何费这么大的劲移栽老树，何不栽棵小一点的树，更好培育。老先生说，柿子树生命力极强，寿命也很长，它既是历史的见证者，又是文化的意象物。人们常说"千年古槐问老柿，道尽人间多少事"，充分证明了老柿子树的历史文化价值。

我的故乡，也是柿子树的海洋。既有成片的柿子树林，沟坡崖畔也广有散植。柿子树的果实柿子，可加工成柿饼，美味自有口碑，在物资匮乏的年代，它是令孩童们馋涎欲滴时时惦记的零嘴儿。现在加工柿饼经济效益一般，农户不再重视也在情理之间，但是，柿子的文化意象依然光彩夺目，年节时分，茶几上，果盘里，有几饼柿饼，"事事如意"的彩头就出来了！就柿子树本身而言，其树干苍老，树皮开绽，远观有如迷彩，近抚质感特别，树干遒劲挺拔，树冠浑圆如画，棵棵自成盆景。谷雨之后，柿子树的嫩黄芽叶，不与春花争宠，只为暮春添彩；夏日柿叶丰茂如天篷，既供农人劳作间歇息，同时暗暗孕育果实和丰收的希望；秋日里柿子树叶姹紫嫣红，热热闹闹地向世界宣布柿子成熟,果实逐日泛红,柿叶经霜沐浴后,呈现不同层次的暖意色调。及至深秋,忽如画师挥巨笔,绘出一幅斑斓图。"碧云天、黄花地,西风紧,北雁南飞。晓来谁染霜林醉?总是离人泪"是王实甫在《西厢记》中抒发的离愁别绪,一曲成名天下知。王实甫笔下的霜林醉,正是我老家的景致。《西厢记》故事就发生在古蒲州,现永济市峨眉岭上的普救寺;"霜林醉"的点睛之笔,妥妥的就是柿叶经霜、满山绚烂的写真。不管是"霜林醉""离人泪"还是"霜叶红于二月花",不论低郁沉雄抑或灿烂明丽,不管是经霜柿叶还是深秋枫叶,那透入人骨髓的深刻的美,终究是客观的。傲岸的柿树,像隐逸的高士,不经意的深秋一秀,迷醉了多少爱美人的心!

冬天,柿子树当然也是叶落归根。风起处,洋洋洒洒,遍地都是黄金甲。柿树光秃之后,细枝粗杈更显出铁画银钩的独特风姿:铁枝横斜,勾肩搭背,树树不同,各逞自由。《芥子园画谱》中的树谱,将它独立描绘;美术院校的学生,更愿意在柿子树落叶之后,以实物参照素描写生。如果是一处古老而有规模的柿子林,那就会成为一个写生基地。

柿子树是艺术的,更是实用的,其艺术与实用并未严格区分。计划经济时期,每到冬天,农户就会带上大竹筐、大袋子,用耙子把柿树叶聚拢一起装回家,或煨炕取暖或喂牲口。柿子树叶和成人巴掌一样大,"落叶肥厚,可以临书"。《新唐书》记载,画家郑虔年少时好读书写字,然而家贫如洗,吃饭都成问题,哪来钱买纸写字作诗?偶然听说慈恩寺存有几间房的柿叶,于是,他每天去取柿叶写字,时间一长,把一屋子的柿叶都写完了。我们无法想象古人刻苦求学的精神,但古诗词留下的柿叶典故确实不少。苏东坡"苇管写柿叶",陈与义"门前柿叶已堪书",王之道"岁收柿叶存三屋",蒲庵禅师"霜红柿叶尊前写",唐之淳"柿叶红时好细书",徐渭"柿叶写诗才不短"……柿叶不仅充满诗与远方的意蕴,还有疗效。老中医讲,柿叶性苦寒,可止咳定喘、生津止渴、凉血止血、活血化瘀。平日以柿叶作茶饮,可降血压、镇咳化痰、舒骨活筋。

果实是植物的精华,柿子树的最高价值体现为柿果。实用(食用)之外,柿果的美学意象大大提高了它的诗画品格。柿子谐音"事",在画家的构图里,画几个柿子,便是"事事如意""事事称心""事事安顺";画一对柿子,寓意"好事成双"。画柿子和鱼叫"事事有余",画柿子和白菜就是"事事清白",画柿子和鸡可题"百事大吉"……总之,柿子作为舌尖上的美味,让人甜到心底,回味无穷;作为画面加上文字读音的引申,又非常吉瑞,在绘画题材的组合上,柿果百搭,功能强大,充分表达着画家的良好祝愿,熨帖地满足着观赏者的心理需求。

柿子树的年轮岁庚、树貌姿容、四季变换以及叶片和果实,处处蕴含着丰富多彩的文化意象，引发历代诗人的倾心追捧。唐代诗人广宣诗：当夏阴涵绿，临秋色变红。君看药草喻，何减太阳功；宋代张九成赞曰：严霜八九月，百草不复荣。唯君粲丹实，独挂秋空明。至于白居易、刘禹锡、杜牧、陆游、张均、彭叔夏……或多或少都涉猎过柿子树和柿子题材。

赞美你，北方嘉木，柿子树。

致敬岁月

风雨送春归，飞雪迎春到。一年365天，天天有昏晓。岁月给我们的成长和生活计量着时间，岁月又给我们的工作和事业计算着收获，我们致敬岁月。

一年的收获，靠辛勤的劳动来创造：如果是农民，那就是日复一日春种、夏管、秋收、冬藏，披星戴月辛勤劳作，才有可能脱贫纳福、嫁接小康；如果是职工，那就是一砖一瓦、一钉一卯、计件计量的工作，顶烈日、冒严寒，日积月累，季评年考，建成摩天大楼，制造出鼎新佳构，快递出万里行程；如果是知识界，如果是白领，靠脑力劳动、靠科技创新，即使无法用变量裁定自己的成果和收获，但格物致知、十年磨一剑的功夫，更能创造时代的高度，更能推动社会的发展。也许你是退出职场的长者，但修身养性、独善其身应是这个群体的本色行为。传播优秀的传统文化，传承优良的家训家风，指点迷津，奖掖后学，帮办家务，强身健体，尽心尽力，都是这个阶段应该做的事情。如此，一年365天，人人都在各自的工作岗位和角度辛勤劳作，体现价值，虽辛苦并快乐着，我们致敬岁月！

　　一年365天，要有所收获，全靠辛勤的劳动和创造。无论是体力，还是脑力，劳动和创造是人生的要义，也是人生价值和尊严的需要。每个人都在根据自己的实际情况和专业特长，来选择自己的职业方向。"择高处立，就平处坐，向宽处行"，既是选择职业的原则，也是选择职业的信念。"山中岁月长，林深不知处"。每一种职业都是一个新的学科、新的领域，浅尝辄止只得入门和皮毛，要得其精髓、得其要领，就要坚守。坚守每一天，坚守每一年，坚守出感情，坚守出匠心。劳动创造的高端追求，最基本的态度，就是专心致志，"咬定青山不放松"，用不断扩展的格局和不断攀升的境界，来优化自己所从事的工作，追求卓越。致敬岁月，在一年365天里，最大化地创新自己的收获。

　　致敬岁月，也就是致敬自己。致敬自己的劳动和创造，致敬激发自己劳动创造的动力源。我们所从事的工作，无论是业态，还是方向，直接间接都受过别人的指点和启发，从而使自己秉持了科学的理念，瞄准了正确的方向。启发和指点自己的人就是高人，高人指路就是贵人相助，我们应礼遇，应感恩。我们所从事的事业，可能不是一年、两年就能成功，往往需要时间的砥砺，需要一个不断壮大的团队。事业的成功和辉煌要靠优秀的团队，要把一个团队像石榴籽一样团结到一起，朝着共同的目标奋进，需要智慧。在事业发展中，领头人发挥决定性的作用，但团队中那些默默无闻的人是阶梯、是基石，我们要致敬、要厚待。最后，事业的成功和家庭密不可分。家族的血脉、家风的濡染、家人的理解和家庭成员的明理旷达，都能使自己心无旁骛，守正创新，成全自己，成全事业。自始至终，我们要孝敬父母，感谢家人。

岁月静好，流年似水。无论少长，抑或各业，劳动和创造的收获，是旷日经年努力才能取得的。一年一度，冬去春来，雄关漫道，光阴荏苒，耐得住孤独，耐得住寂寞，经年累月，孜孜不倦，才能收获每一天，才能收获每一年。

致敬岁月！

恨不人生二百年

当人生又回到出发原点时,方才感到人生每个阶段有每个阶段的不成熟,每个阶段有每个阶段的不自持,每个阶段有每个阶段的不如意。茫茫人海,每一次微笑都是新感觉,每一次流泪都是头一遭。因为人生没有彩排,一开场就是直播,再回首,已是百年身。恨不人生二百岁,一半时间用于排练,一半时间正式演绎,那样,总该少发生一些迷茫和遗憾吧!

如果让我重新开始学习,哪怕不考研、不考博,就为把基本知识学好,把专业课程弄通,无愧于父母的期望,不负师长的良苦用心,自立于生活之林,我会头悬梁、锥刺股,三更灯火五更鸡,专心致志,不耻多问;智力再有差异,天道酬勤,勤能补拙,死记硬背,到一定阶段也能举一反三,融会贯通;虽然说学习完全靠自己,但老师毕竟是指路人,我会不懂就问,勇于提出问题,虚心求教释惑;通过掌握正确的学习方法,"学而时习之";"富贵必从勤苦得,男儿须读五车书",我会把课余时间都用于阅读,读中外名著,研传统经典,背唐诗宋词,博中有专、专中求新,加深对学问的钻研,探究传统文化的真谛。

如果让我重新进入职场，再次从做人起步，我会是另一番景象：做人做事谦虚谨慎，"心至虚时能受益""深知言行切修身"。孔圣人说："三人行，必有我师焉；择其善者而从之，其不善者而改之。"我辈俗世凡人，应该是三人行都是我师，每个人都有他的长处，每个人都有他人不及的闪光点。

特别是职场管理者的圈子，没有层层磨砺筛选，焉能进入。因此，我们要善于发现，谦虚面对。要厚德载物，要同行惜缘。做人要诚实守信，善良处世。做人实际就是处人，处好人才能做成事。每个人都是父母的神圣作品，每个人都有自己丰富的精神世界。善待别人就是善待自己。对别人诚信就是给自己铺路。营造好周围的人文环境，就是为成就自己的事业奠定必要的基础。

无论是做人还是做事，都有一个方法的问题。这个方法就是胸怀、境界和格局。世事洞明皆学问，人情练达即文章。一切都归结到一个"识"字上。识，指人的意识、心智和辨别能力，识时务者为俊杰。但这个"识"的维度，靠读万卷书，靠行万里路，更要靠阅无数人，反阅无数次的己。认识事物、处理问题和决策办事，要审时度势，因势利导，随机应变，不主故常（拘泥老套）。不能"一根筋"，不能碰到南墙不回头。当然也不能见异思迁，蜻蜓点水，水过地皮湿。要坚守，要咬定青山不放松，一辈子做好一件事，一辈子做成一件事，一辈子做精做优一件事。

如果让我重新和自己的长辈特别是和父母亲相处，我会真情地履行中国传统文化的伦理孝道，竭尽为人之子的责任和义务。父母是人生的第一任导师。他们比我们年长几十岁，过的桥比我们走的路还多。父母的社会经验、生活知识和思想体悟，都是对漫长人生旅途是非曲直的实践总结。在步入人生的基础阶段，对于父母的教诲，我们不要说什么逆反，实在是应该言听计从。不听老人言，吃亏在眼前。此言真矣！听父母的正确意见，是站在父母的肩膀上，是继承前人的思想营养，对于完善、成熟自己是轻而易举的事情，何乐而不为呢？除了天、地，父母应该是人生崇拜的第一偶像。父母是我们的生身之源，是我们成长的最大靠山，是我们融入社会的坚强后盾。父母的恩德如何报答都不为过，怎么孝敬都理所当然。其实，孝敬不仅仅是物质的丰盈，更重要的是精神上的满足。多看望、多交流、多陪伴，歌词唱得好，"老人不图儿女为家做多大贡献，一辈子不容易就图个团团圆圆"。精神空虚是对年老父母的最大伤害，做儿女的要把这作为人生的重要认知烂熟于心，身体力行，让父母精神之树常青。对于父母的孝敬，大莫大于顺从。顺从父母的要求，顺从父母的意志。也许父母因为年老，爱絮絮叨叨，即使你不爱听，做假也得做出个样子，莫让老人伤心。也许，父母的思维因年老而不清晰，他让你办的事也不一定非常必要，但是，编筐子收篓口，你得把事情编排圆满，善意谎言比黄金还要贵重。

我这大半生，一直在后一个年龄段否定着前一个年龄段，总感到 40 岁比 30 岁成熟，50 岁比 40 岁成熟，60 岁比 50 岁成熟。孔夫子曰，七十而从心所欲不逾矩。我辈本是蓬蒿人，料想应该是 70 多岁以后才成熟罢。鉴于此，想重新履行一次人生，以完善此生、圆满此生。

惜乎人生没有回头路，谁也不能推倒重来。人生诸多遗憾和教训，只能成为内心永远的自责永远的追忆，这真真令人情何以堪。

恨不人生二百年。

说是道非

语言是一种抽象思维能力，也是人类传达思想的交流工具。语言交流中，有的逻辑严谨，有的风趣幽默，有的直接通透，有的曲径通幽……这些都属于个体的语言特色或曰风格。还有一种情况，实在不敢恭维它是什么风格了，本来就只是道听途说，不过大脑，信口开河，甚或一根筋，咬死理，碰了南墙也不回头，偏偏还标榜实在，美其名曰"实话实说"，这就实在令人啼笑皆非了。

语言交流是个体素养的综合体现。高瞻远瞩的人胸有成竹，一诺千金。每每话出有因、话出有史，引经据典、博古通今。表达思想时，收放自如，不忘高雅，善于用学问劝说，以水平服人。品德高尚的人，讲话落落大方，谨言慎语。描述事物惟妙惟肖，分析评论娓娓动听。有时以沉默作最尖锐的回应，不鸣则已，一鸣惊人。正合了关羽所说："玉可碎而不可改其白，竹可焚而不可毁其节。"温文尔雅的人，讲话彬彬有礼。不会标新立异，不会哗众取宠。不以华丽辞藻作装饰，却能于平淡中见微妙，于平凡中显真谛，于平和中寄深意，营造"此时无声胜有声"的完美境界。幽默诙谐的人聪明睿智，特别善于驾驭语言。有时正话反说，以引起对方的关注；有时欲说还休，给对方丢一个包袱；有时表情夸张，令人捧腹大笑；有时正儿八经，让人肃然起敬。能够运用多种技巧调动现场气氛，增强交流对话的效果。当然，这些特点，要么经过专业的训练，要么是职业生活的熏陶，非长年累月刻苦修养难成。

在生活中，有的人也有专业，也经历过多重的磨砺，但是和人交流，总是让人难以接受。或者是主观臆断，任意夸大，说风就是雨；或者是抓住一点，不及其余，只见树木，不见森林；要不就是不负责任，信口开河，道听途说，随意编造；还有的是就事说事，不做分析，囫囵吞枣，人云亦云。当然，还有溜须拍马，阿谀奉承，一味吹捧讨好的，如果是坏了心术，另当别论。

语言交流和处人处事一样，首先要从客观实际出发，认清事物的本质，讲求逻辑关系，再加辩证分析，然后才是方法和技巧、风格和特点的问题。然而，一些说话"不着调"的人，本来自己就是任性而言，不着边际，有时还胡编乱造，却爱给自己冠以"实话实说、直来直去"的美名，好像其他人都是在说假话，都是在拐弯抹角，都不如自己实在。全然意识不到自己的认知方法有问题，文化修养不到位，与人交流目的不明确。

语言交流是一门学问，不管你意识到还是没意识到，它都是自身综合水平的表现，都是一种自我修炼而成的能力，不在乎你有没有高等教育的履历，也不在乎你有没有社会地位。语言交流的学问在于，它既包括综合学科的文化修养，又包括长期社会实践的思维训练。至于在生活中，那些和人交流老"走调"的人，恰恰失于心浮气躁、见识浅薄、抱令守律、自以为是，他们与人交流，云山雾罩，张冠李戴，今天说公鸡能下蛋，明天讲砂锅能捣蒜，贻笑大方而不自知。

确实，语言交流能力是建立在日常修养之上的。任何事情都要实事求是，有一说一，有二说二，从实际出发，不夸大，不贬缩。实事求是怎么讲？"实事"就是客观存在的一切事物，"是"就是客观事物的内部联系，"求"就是我们去研究。陶行知先生说："千教万教，教人求真；千学万学，学做真人。"求真，就是追求事物发展的真理所在，寻求事物发展的规律。真人，就是品行端正、腹笥丰赡、真诚可靠的人。我们每天都面临向谁学、学什么的考量。"三人行，必有我师焉。择其善者而从之，其不善者而改之。"孔夫子的话有两重意思，一是向周围有闪光点的人学习，二是对照别人来完善自己，改正自己。如何学？法国著名昆虫学家、文学家法布尔说："学习这件事不在乎有没有人教你，最重要的是在于你自己有没有觉悟和恒心。"

看来，要想提高语言交流水平，还是要实实在在从做人开始。做一个实事求是的人，做一个有修养的人，做一个善待生活的人。

学而不厌为人生

有人说人生如戏,也有说人生如诗,还有人说人生如茶……我想,这些比喻都有点"却道天凉好个秋"的意味。其实,人生就是人生。人生只是个过程,人生是老天赋予每个人的一次旅行。如何在这个过程中有滋有味、快快乐乐、平平安安,全靠不断学习、实践和体悟。

"人之初,性本无",听起来异于常言吧,但你想,一个呱呱坠地的小生命,一切不就是混沌不分嘛。不管将来成长为什么材料,成长为多大材料,都得从学习开始。学习能力、所学知识、学习的深浅、思想的成熟度,都决定着其将来的发展路径与发展高度。须知,学习并不只是指书本知识,更重要的是学习做人和处事,学会正确的思维方式,拥有良好的思想品质。知识是本领,做人处事是境界、胸怀和格局。世事洞明皆学问,人情练达即文章,这些,在一般书本上是学不来的。孔子曰:"三人行,必有我师焉。"有人改曰:"三人行都是我师!"改过的话不无戏谑之意,但也确实反映了一些真谛。生活中,每个人都有自己的长处,各人都有自己的优点，看人要多着眼他的长处，他的强项；镜鉴他人的"陋"与"缺"，是为了让我们变得聪明起来，少走一些弯路。所以，互相学习，向他人学习，永远是学习的一个重要方面。

学以致用。职场是检验学问的大考场。每个人都要在实践中体现自己的价值。书本知识都有客观检验标准，比较好衡量。唯有认识事物、分析问题、解决矛盾的能力，才是真正的综合学问，光靠书本是教不会的。君不见，在社会这个大学堂里，有的人如鱼得水，游刃有余；有的人动辄获咎，四处碰壁。有的人学然后知不足，吃透书本，认真做事，在实践中强素质，在工作中长本领；有的人以自我为中心，自以为是，固执己见，思想偏执，性情乖戾，视自己为真理的化身，这就是老百姓常说的"油盐不进"了。有的人看人看事一分为二，全面辩证，包容大器，海纳百川；有的人处人处世主观狭隘，认知片面，抓住一点，不及其余。有的人审时度势，以人为本，尊重别人，和众人打成一片；有的人不识时务，强人所难，一味以自己的主观意志为出发点和落脚点。融入社会，无论是个体自为，还是协同团队，都不是光靠书本知识就能善作善成的，历练、修为、虚心和谦恭是通达世事的基础和态度。

人生只有一次，从少年、青年、壮年到老年，每个年龄段时间都极为有限，如果不能自觉地学习体悟，不与时俱进，那么，每一个阶段都好像处在实习、彩排状态，难以练达。不成熟的阶段，影响着相关年龄段的人生成就。知识运用于实践，实践检验着人生，只有通过自律自觉学习体悟，才能不断完善提升人生。问渠那得清如许？为有源头活水来。传统文化、历史经典、往哲先贤、同行因缘都应该是我们学习的源头活水。每个人的不成熟，都是娘胎里带出来的客观存在，每个人生下来都没有内存，也不可能先知先觉。正因为如此，我们才有必要安贫乐道，稽古涵今，筚路蓝缕，以启山林。毛泽东主席讲："学习的敌人是自己的满足，要认真学习一点东西，必须从不自满开始。"不仅要学习各方面的知识，不断地丰富和充实头脑，更重要的是要克服长期以来形成的自以为是、固执己见、刚愎自用的思维定式，认真学习耆德硕老形而上的思维方式、思想方法和处人处世之道。只有如此，才能做到学而不厌、趋利避害、避俗求新。

人生一世，草木一秋。如何让人生旅行得更精彩，生活得更有意义，唯有活到老，学到老。学习能扩充人生的容量，学习能优化人生质量，学习能提高人生的境界。如果我们在人生的每个阶段都能学而不厌，学用结合，那么，人生如戏，我们就会在人生大舞台上唱、念、做、打得更自如；人生如诗，我们就会在人生大原野上，放声长调，节奏、韵律更其合辙；人生如茶，我们就会在人生长途中品味甘苦，品赏馨香，在阳光斑驳下的摇椅上，咂摸出更深的人生况味来。

何不返璞进书房

年轻时，对古远时候的书院很感兴趣。山林野趣间琅琅念经，沉思默想后切磋琢磨，林间飞鸟鸣声幽，豁然开朗刹那间，融先生教诲和自我体悟于一体的书院式学习环境、实在令人着迷，神往。

西风东渐，教育体制也在与世界接轨，古老的书院教育模式后来就演变成了现在我们习见的这种教育模式。跳脱不出尘世的我们，就这样幼儿园、小学、中学、大学一步一步走了过来，完成自己的学校教育。记得清楚的是，小时候在老家上学，老家话仍把学校叫书房，盎然古风，于此可见。

花甲之后，身体康健，更兼儿女独立，衣食无虞，不免思东虑西，想法平添。不愿意囿于家务，也未刻意再把职兼，每天囿于一隅，不是翻书看报，便是写写画画，于是给家庭、给外界造成一种印象，这是个乐于独处的人。本真来讲，是想逃避家庭的琐事活计，也为回避一些不愿意参加的尘界事务，读书自处，书画自娱，飘然物外，思虑出尘，"知我者谓我心忧,不知我者谓我何求"，这难道不也是一种生活方式？虽然有时也自感这种心态不够大众，但真还不是"不知者"的不实评价。

  世人皆知学习是学生时期的职责，却忘记学习是一生的使命。回想起来，从小到大，学校的学习方式，从语言文字来讲，主要是上语文课、写作文和写仿影。上语文课就不用说了，字、词、句、段，背课文，讲中心思想。作文是语文课的综合训练，每周要求一篇作文，模仿也行，自创也行，受时风影响颇大。我记得小学五六年级时正值"文化大革命"，富农家庭出身的班主任兼语文老师姓王，他是1949年从大学中文系毕业的，其时正当壮年，教学管理严格，教书也很认真。我们那届学生把课本学完之后，没有中学可上，就在学校沉淀。于是这位王老师就给我们讲毛主席诗词，讲各省、市、自治区革委会发给毛主席的致敬电。王老师订了一份《文汇报》，凡是作为课文讲的文章，他都要求我们先抄下来再讲，最后要求我们背诵。今天看来，那些文章内容略嫌空洞，语言口号化成风，但不得不说，其充沛的政治激情，华丽的骈四俪六，对于见识不广的农村学生来说，极有帮助。老师也讲一些励志和劝学方面的古文，以激发同学的学习兴趣，丰富学生的语言表达。于是，在课程安排上，曾经有一段时间，每天让我们写一篇作文，且有字数要求。老师率先垂范，写"下水"作文，且每次学生作文他都亲自圈阅。想想看，全班50多个同学，晚上不加班哪能阅完？老师圈阅过程中，要把那些优美词句、精彩段落都用红毛笔圈出来，全部阅完之后，横比竖对，把当天写得好的作文贴在教室后面的墙上，作为范文供大家欣赏学习。可惜就是这样的好老师，"文化大革命"中仍被红卫兵揪斗，每每思之，深感惋惜。

写仿影是"文化大革命"前晋南地区每个学校、每个学生的常态。那时很少有字帖，同学们写字的仿影都由老师亲自写定，学生蒙上麻纸套写，每天到校后、上课前，学生自觉临摹，是必修。那时的冬天，既没供暖设施，也没防寒措施，即使条件比较好的学校在教室生上一个炉子，架不住门窗走风漏气，丝毫感觉不到多少温暖。学生的手几乎都有皱裂冻伤，在这种情况下，仍然要临仿写字。一天一仿，交给老师描红画圈。尽管这种写仿练字并不十分科学，但培养了学生写毛笔字的习惯和感情，起码掌握了汉字的起落笔顺和间架结构。

学校的重要功能，正在于培养学生毕生学习的习惯。职场历练有可能引导濡染一个人的专长，但自学的自觉性与自学的能力，才是一个人终身成就的重要基础。就我而言，读书看报的习惯乃工作之需，早在漫长职场时期就已根深蒂固；退职以后，习惯性地仰赖自费订阅的报纸提供精神食粮，只不过阅读重点和过去有所不同：兼顾一般之外，更多是以兴趣、爱好和特长来选择阅读，很喜欢的文章，那就列入范文和资料加以保存。读书也是我长久以来的习惯，以前想看没时间看的，网上、报刊上推介的畅销书，或借或买，总要归拢一处，一睹为快。对于很难找到的书籍，便委托在文化出版部门工作的同好从网上邮购。寻觅之乐，也是读书之乐的一项。

在我，读书看报是极快乐的事情。爱之深，责之切，这就不免要说说读书背后的遗憾或曰怨尤：该读书的时节，由于多种原因没能达到"腹有诗书气自华"的程度，深以为恨；而今既有时间，也有实践，亡羊补牢，犹未为晚。日日与阅读同行，正是弥补缺憾、满足心理、补足亏空、增益精神的不二法门。

看书看报、动手动脑是一个良性循环。作为阅读的自然产物，写作也是我心中所爱。写文章或曰作文，高级别的叫创作，真心不是件简单的事，它既要求作者有丰富的生活积累、文化积淀，还要懂得写作技巧另加必不可少的才气相伴。人贵有自知之明。我知道这些因素自己并不完全具备，但一生奔走纸墨间，阅人无数，栏杆拍遍，写下自己的人生感言，能有何难？佳文贵真，这个我是完全做得到的。再说了，把人生悟透，那是人类永恒的主题与追求，或许永远达不到，但攀登向上看看高处的风光，凡人皆有此自由；再者说，人生天地间，书比人长寿，名利或许是粪土，雪泥鸿爪值得留。盛世修志，为后代存史，先贤行为自有它的道理，否则"起它一个号、刻它一部稿……"又从何说起？退休不是人生的完结，世间诸事，什么都不是浮云，但凡认真，总有价值；但有价值，就不能诬其为"名利熏心"！这些年来，出了好些书，误了一些事，惹内人叨叨，引外人疑惑，由他。文章书写了我的人生，抒发了我的乡愁，是对我"人生世事来回想"（崔光祖老部长有书名曰《人生世事来回想》）的记录，乐在其中矣。

在我，写作用时不是太多，要说浪费时间更多的，得是写字，也就是练毛笔字，而今日书法。从学校写仿影起，到职场上写写画画，及至后来以书法家自居，每天有事没事必临帖、舞墨，几十年来，用过的宣纸怕是不下几十刀（一刀100张），用过的一得阁墨汁和毛笔，至少得用百（瓶、支）来计量。过几年，我还要和我的书友把练字和写坏积存起来的几卷废纸拉到郊外焚烧，所谓葬字。字比人腿长，字比人善言，书法交友，快乐其间。这不，在书写过程中，常有人来要字，要字就给写，但大部分人把要字视同对我的尊重，意在密切人际关系，过段时间碰上了，还要向你反馈，字装裱起来了，挂在客厅里或者挂在办公室，人人见了都说好，云云。其实，练毛笔字是个费钱费功夫的高雅事，不要说人人都成为书法家，能和百年前人相比的当代书法家，可有几个？世事白云苍狗，百十来年间，思想表达形式、文字书写环境都发生了翻天覆地的变化，更不要说隐藏在书艺背后对国学水准的高深要求。是的，书法是和国学紧密联系着的，在一个不可能出国学大师的年代，焉能奢望书法大师的产生？我深知这个道理，但总觉得，每天和书法为伍，就是和中国传统文化为伍；每天练习毛笔字，就是时刻和神奇的汉文字做游戏；每天坚持写几幅书法作品，就是以自己微薄之力在传承中华民族特有的文化艺术形式。

　　我的这些爱好和习惯，加上我现在无忧无虑、自由自在的生活状态，仿佛又回到过去上学的年月。上学就是要"两耳不闻窗外事"，就是要"淡泊明志，宁静致远"，就是要"静以修身，俭以养德"。学校就是传道、授业、解惑的地方。就是师道尊严、教学相长的地方。人生就是一个轮回，从哪来，再回到哪去，表面看是点对着点的"虚空"，唯我知中间那思想境界与文化意境螺旋式上升的愉悦过程。从上学开始到步入社会，从职场谢幕再开始学习，简单的轮回中，有不简单的意境和雅致化的追求；延续发挥自己的爱好专长，背着书包到书房，郎虽不再是那个郎，归真返璞习为常。

　　从职场到现在，曾虚拟过几个斋号：蜃庐，簧庐，槐荫庐，都是不同时间、不同地点、不同环境独处的地方。现在脱离了职场纷扰，更有必要在心中营造一方过去书院那样脱离红尘的清净境地，返璞归真进书房，我既是学生，又是先生，自为师生，自问自答。书报即是教材，字典、手机查阅功能就是最称手的工具。练字既是修身养性的形式，书法创作就是学习传统文化的继续。对生活有了感悟，写写文章抒发抒发自己的心情，从容淡泊，岂止为名以传身？

　　如果有人问你现在每天干什么？答曰：读书临池远俗务，品茗悟道近古贤。

崎岖艰辛花自艳

1921年注定是中国历史乃至世界历史一个非常重要的年份。这一年，中国共产党诞生，从此，中国共产党人浴血奋战、前仆后继，拉开了改变旧世界的大幕。迄今百年间，中国发生了翻天覆地的变化，世界也进入了多极发展的全新格局。

在建党50多年之后，我也积极地加入了党的组织。那时，我20岁不到，既没有经历过地下党组织时期把脑袋别在裤腰带上干革命的惊心动魄，也没有经历过爬雪山、过草地在枪林弹雨中冲锋陷阵的壮怀激烈，百万雄师过大江风卷残云也未能目睹。但是，党领导人民砸烂旧世界、建设新中国的主题，我赶上了。20世纪70年代，在"红雨随心翻作浪，青山着意化为桥"的社会主义建设高潮感召下，我凭着年轻人的满腔热忱，向党组织递交了申请书，进行了庄严的入党宣誓。从此，身为生在新中国、长在红旗下的一代青年，通过多种方式，我认真了解党诞生以来的历史，感佩党领导人民建设新中国的辉煌成就，愈益坚定了跟党走的决心。尤其是后来，结合工作性质，联系社会发展实际，着眼国家建设成就，愈发感觉中国共产党立党为公的伟大，勇于创新的果断，志在高远的英明。梅花香自苦寒来，我深深地感到我们党所拟定和遵循的道路、理论、制度和文化恢宏博雅，必将行稳致远。

和一个人的成长一样，社会的发展最重要的是要选择一条适合自身实际的正确道路。中国共产党从诞生之日，就在寻找一条让中华民族屹立于世界民族之林的道路。在雄鸡一唱天下白、万方乐奏凯歌旋中，更加确定了求解放、求独立、求发展、求富强的社会主义道路。在这一历史进程中，中国共产党紧紧依靠中国人民，把马克思主义同中国实际和时代特征相结合，先后实现了三次历史性的转变。即从半殖民地半封建社会到民族独立、人民当家做主新社会的历史性的转变；从新民主主义革命到社会主义革命和建设的历史性转变；从高度集中的计划经济体制到充满活力的社会主义市场经济体制、从封闭半封闭到全方位开放的历史性转变。三次历史性转变前后贯通，都是以强国富民为目的，都是以全心全意为人民服务为宗旨。这是中国共产党人认识世界、改造世界的伟大创举，是根本改变中华民族命运、深刻影响人类历史进程的伟大变革。三次历史性转变证明了一个真理，中国特色社会主义道路的必然性，就蕴含在中国近代以来社会历史发展的内在逻辑之中。守望初心，方能深孚众望。

大道之行，始于足下。理论是指导实践的基础。有了正确道路的选择，还要有坚实的措施来落实。中国道路的伟大实践，是与马列主义、毛泽东思想和中国特色社会主义理论体系一路相向而行的。历史反复证明，一个国家实行什么样的主义，关键是看能否解决这个国家面临的历史性课题。中国的革命、建设和改革，必须以马克思主义为指导，必须不断推进马克思主义中国化。从马克思列宁主义在中国的广泛传播到马克思列宁主义同中国工人运动相结合，从以马克思列宁主义为指导到实现马克思主义中国化的新飞跃，从马克思主义中国化的第一次历史性飞跃到第二次历史性飞跃，反复证明了一个真理：马克思主义是立党立国的根本指导思想。马克思主义只有同中国国情和时代特征紧密结合，在实践中不断丰富和发展，才能更具体、更及时地发挥指导中国革命和建设实践的作用，这就是毛泽东思想。

毛泽东思想是活的马克思主义，是中国化的马克思主义。要做到理论之树常青，就必须坚持一切从实际出发，理论联系实际，实事求是，在实践中检验真理和发展真理，这便是在改革开放中形成的中国特色社会主义理论体系。中国特色社会主义理论体系是马克思主义中国化的新成果，是和毛泽东思想一脉相承的，是党最可贵的政治和精神财富，是全国各族人民团结奋斗的共同思想基础，也是被改革开放反复验证了的理论结晶。

没有规矩不成方圆。自我们党确定了发展道路，明确了指导思想，便制定了相应的社会制度。社会主义制度的本质和核心理念，是坚持党的领导、人民当家做主和依法治国的有机统一。只有始终坚持人民代表大会制度这一根本政治制度，人民民主才能彰显生命力。只有始终坚持中国共产党领导的多党合作和政治协商制度，社会主义协商民主才会保持旺盛活力。只有始终坚持民族区域自治制度，中华民族共同发展、共同繁荣、共同进步才会充满希望。只有始终坚持基层群众自治制度，才能在城乡社区治理、基层公共事务和公益事业中实行群众自我管理、自我服务、自我教育、自我监督，保障人民依法直接行使民主权利。只有坚持和发展社会主义基本经济制度以及在此基础上的社会主义市场经济体制，才能在科学发展中再创造出新的中国奇迹。社会主义制度的优越性，不仅能做到集中全国力量办大事，一方有难八方支援，还能做到令行禁止、步调一致，举纲张目、目标统一。无论是发展经济还是巩固国防，无论是抗险救灾还是攻克尖端科技，社会主义制度的优越性日益彰显。

先进的社会制度，不仅优化了生产力和生产关系，还传承发展了先进文化。中华民族历史悠久，文化传统深远绵长。中国共产党自诞生以来，还创造了鲜明独特、奋发向上的革命文化。文化传承是一个国家、一个民族发展中更基本、更深沉、更持久的力量。马列主义、毛泽东思想都有对先进文化的价值认同和功能肯定。特别是习近平同志自党的十八大以来，对社会主义政治文明、精神文明、物质文明和生态文明都做过系统、深刻和全面的论述,把文化建设提高到战略高度来认识,并上升到社会主义核心价值观,引领人民崇德向善、鼎新图强,创新了有中国特色社会主义文化的内涵。习近平同志对文化建设的具体要求,提高了社会主义文化建设的主动性和积极性,推动了社会发展的全面进步,增强了文化在全世界的交流和融合,彰显出中华民族传统文化的生命力和凝聚力。

建党100年来,一代又一代的中国共产党人,不断锐意探索、攻坚克难、改革创新,夯实了社会主义的道路、理论、制度和文化建设的基础。使社会主义革命、建设和改革始终朝着正确的方向发展,带领中国人民把积贫积弱的半封建半殖民地旧中国,全面建设成为小康社会,奋斗跃升为世界第二大经济体。接天莲叶无穷碧,映日荷花别样红,这难道不足以说明中国共产党呕心沥血的初衷和坚如磐石的信念吗?

温习党的发展历史,见证党的辉煌成就,与时代同行,和人民同在,我深深感到,中国共产党是一个敢于担当大任、敢于自我完善、敢于创新变革的政党;是一个以人民为中心,没有一己私利,全心全意为人民的政党;是一个具有开放胸怀、崇高境界和不断追求的政党。立党为公的思想基础和干事创业的历练修为的豪迈底气就是道路自信、理论自信、制度自信和文化自信。我为中国共产党一百年的发展成就而自豪!

学书法即学做人

学书法和学做人一样难。难的是书法的精要品味无穷尽，要有学问，还要有悟性；要时时苦练技法，还要天天修炼人格，岂止一个"勤"字了得！

问渠那得清如许，为有源头活水来。文字是中华传统文化最重要的载体，故中华民族独一无二的书法基础，只能是中华优秀文化。中国文字是由象形文字不断简练、概括演变而成的，兼具表音表意功能。世界史上有四大文明古国，古埃及、古巴比伦、古印度和中国，这些文明古国过去都有象形文字，但是除了中国，其他古国的文字逐渐演变成了纯符号的拼音文字，只有中国的汉字还保持着传统，从最早的象形文字，如仰韶、大汶口、二里头等考古遗址发现的刻画符号、象形文字，到殷商时期逐步趋于符号化，和早期纯象形文字有了区别，再经过两周古文、大篆，文字演变越来越规范化、抽象化，到秦小篆时完全整齐划一。隶、楷、行、草最后到狂草，通过一系列字例的纵向排列、横向对比，我们可以发现，文字演变的过程环环相扣，来龙去脉清晰无疑，这就是中国汉字的伟大之处。

有了文字就有了几千年流传下来的中华文化史、文明史，这些我们平常笼统归为国学的经学典章，既包括政治、经济、军事和社会更迭的方方面面，也包括哲学、宗教、法律和文学艺术的各个门类。小小文字，架构起中华文明史、文化史，熟悉了这些，自然能增进对书法的了解。书法和绘画又同源，在学习书法的过程中，同时可了解中国画的用笔用墨和章法布局，是为文人画之始。当然，并不是说没有高深的学问就学不了书法，而是说熟读国学，了解国画，相互间能增进补益，最终会为书法的精进奠定坚实的基础。

  读万卷书还须行万里路。读书、实践是相得益彰、学识互补的融通。同理，对于书法学习来说，同样离不开阅历和见识，阅历见识能提升学书的悟性。古人讲，人以字名，字以人名。从字面来理解就是，古代毛笔字写得好的就能入仕做官。反过来讲，做官的人，特别是做高官的人，字通常都写得很好。这里既有时代的原因，还有他们个人综合名气的原因，故而他们的书法影响也相当大。历史上流传下来的法帖，基本上都是驰骋疆场或饱经沧桑的高官大儒的作品。这些古人的基础学养不必置疑，光他们万里奔波、风云江湖、沉浮人生、冷暖炎凉的第一手感知，及对世事如棋、朝代兴衰的理解，就非常人所能匹敌。因此说，不是民间没有好的书法者，而是民间书法家在气势、格局和境界上，永远难以企及那些"行万里路"的先贤圣哲。胸中块垒也罢，胸中丘壑也好，不平的心胸才能荡起书法的云彩，这就是诗在功夫外的道理。"行万里路"就是人生智慧的营养，就是开启门禁的钥匙，就是进入书法苑囿的通行证，就能增强学书的悟性。

作为一门实用艺术，汉字的书写历史更其悠久；从书写到书法书艺，显现的则是人类对完美的追求。书写走到书艺，是无数匠心独运的学者，在枯燥无味的案头劳作中，让自己的心思旁逸斜出，钻研并充分掌握了作为书写工具的汉字的内在构造，摸清了它的书写技巧、规律和法则。进而在遵从基本规律的基础上，真正的书法家于书写汉字时融入自己的本性、气质和审美理想，从而形成自己独特的个性风格，形成明显区别于他人、极具"刷脸"功能和个性认知特征的书艺特色，这一切，都是按照美的规律在塑造，都是以美的追求为旨归。书法作品无论其运笔方法、字体结构，还是墨色运用和章法布局，都讲究开合、聚散、虚实、长短、轻重、疏密、欹正和干涸、浓淡等若干对偶范畴，最终在这些范畴（规矩、规范）里形成变化多端、对立统一且具个性特征的富于美学价值的作品。书法有法、有则，这些法则初始是技巧，熟练靠功夫，法则就是基本功，就是根底，就是规矩与规律；在此基础上的创意发挥，当然是为凸显气势，张扬个性，追求特色，终成风格。从必然王国达致自由王国，非"一万个小时"的熟练过程不可。曲不离口、拳不离手，伏案勤学苦练、行走坐卧琢磨。秃笔成坟丘，墨卷堆成山，世间没有轻松的书法家。

古人论书云：一须人品高，二须师法古，是书之法，学者习之，故当熟之于手，必先修诸德以熟之于身。德而熟之于身，书之于手，如是而为书焉。学书必当修养人文，修炼人格，修为综合学养。古人往往强调人品的重要性。字如其人。书，心画也。一个优秀的书法家，必然是杰出的人物。古往今来，凡是耳熟能详的书法家，确实都具有优秀的品质，高尚的人格。当然，古代也有一些名人，书法造诣也颇高，单纯用"政治"标准来评判，似乎无法下结论。比如王铎，他本是明末清初的大书法家，因"一臣侍二主"而不被后人看重。王铎走的是仕宦之途，朝代的更迭，社会发展的必然，他无法起炉灶。我们不能要求人人都是傅山。单纯从书法艺术上来讲，无论是王铎的成长过程，还是学书过程，没有高尚人格，没有良好的品质，他的书法艺术很难达到那个高度。不管怎么讲，修为成就人品，人品成就书品。

学习书法的过程，就是学习做人的过程。无论是综合修养的自觉修为，还是社会阅历的积累；无论是书法技艺的锤炼，还是师法古人的过程，都是对人品的丰润、完善和提升。学书法即学做人。

献身晋剧勇创新

在戏曲舞台上打拼了40年，有欢乐，有泪水，每次登上舞台，听到梆子丝弦的声音，看到观众期待的眼神，听到大家热烈的掌声，便觉得自己是最快乐的人。

如今我依然觉得学戏的这颗心，爱戏爱舞台的这种情感，是最本真最纯粹，也是最简单的，选择戏曲、选择晋剧，我无怨无悔。

感谢父母、家人、师长的陪伴与呵护；感谢同仁、朋友、伙伴的鼓励与支持；感谢观众多年来的喜爱与相随，更要感谢自己在很小的时候，就把戏曲种子埋在心底里生根发芽。

戏曲在复兴，晋剧在前行，感谢时代，感恩所有，珍惜当下！

谢 涛

在戏剧艺术舞台上，能以一个深入人心的艺术形象名动全国，就足以骄傲地享受鲜花和掌声；难得的是一个接一个地塑造出不同的艺术角色，并且都是以传统的士大夫形象为追求，扮演者又是女须生，这就更加难能可贵。她，就是山西省剧协主席、太原市晋剧艺术研究院名誉院长谢涛。

2019年是中华人民共和国成立70周年，也是谢涛从艺40周年，7月9日，从太原市晋剧艺术研究院传来消息，9月17日至20日，太原青年宫演艺中心将举办"新时代 新晋剧 谢涛从艺40周年原创剧目展演暨表演艺术研讨会"系列活动。

谢涛是改革开放以来成长起来的晋剧艺术家，也是新时期中国戏曲界有影响力的代表人物之一。在40年的舞台创作实践中，她勇于创新，对晋剧艺术加以创造性转化和创新性发展。在新编历史晋剧《傅山进京》《布衣于成龙》《范进中举》《烂柯山下》等剧目中，谢涛成功地塑造了不同的艺术形象。傅山以出世的姿态在和清廷对抗中坚守中原文化，最终走向"和而不同"；于成龙学而优则仕，在官场上廉、能、勤、绩具备；科举制度下的范进考取前清醒，中举后疯魔，充分表现出封建士子的悲怨与无奈；朱买臣因贫困被迫休妻，衣锦还乡后春风得意，以"覆水难收"之名拒妻复合，致前妻羞愧投水而死，反映了封建社会妇女的不幸遭遇。在塑造这几个形象的过程中，谢涛拿捏到位，把握得当，超越自我，创造极致，充分表现出她多年来在戏剧人物刻画上的修炼和体悟。

对手戏情节的矛盾交锋、大开大合，最能彰显主人公的思想高度和人性光芒。谢涛擅长唱、念、做、打、演,手、眼、身、步、法,综合施展,巧施运用,于艺术形象塑造时,追求剑拔弩张、大开大合,以立体展现戏剧主人公的时代背景和角色个性。《傅山进京》中,谢涛饰演的傅山和康熙皇帝演对手戏。傅山是坚守中原文化的鸿儒,康熙是历史上有作为的明君;康熙要征召天下鸿儒入朝做官,傅山却坚持不愿俯首称臣。在这场对手戏里,谢涛把傅山作为思想家、艺术家和医学家的成就表现得淋漓尽致,傅山坚持民本思想,坚守中原文化,昂扬正气直冲霄汉。在《布衣于成龙》里,谢涛扮演的于成龙,是康熙帝曾经嘉勉的"天下第一廉吏",于成龙其时在武昌知府任上,因桥梁垮塌正革职留用。屋漏偏逢连阴雨,就在此时,麻城百姓不堪横征暴敛,啸聚东山。围绕这一重大社会治安事件,以于成龙为代表的"抚"方和以尚善大将军为代表的"剿"派展开了较量。逐层展开的安抚"暴民"过程,正是谢涛用心展现于成龙"为天地立心,为生民立命"入仕初心的表演空间。在范进的塑造上,矛盾冲突很难表现。范进面对的不是特定个人,他面对的是整个科举制度。在范进科举考试的前前后后,他和每个角色都构成了对手,这种小而多、杂而乱的矛盾冲突,会给演员带来很大的压力,没有敏锐的生活体悟、深厚的艺术功底,极难演好。可喜的是,谢涛兵来将挡、水来土掩,立体展现出范进痴心追求功名的可敬、可惜、可悲、可怜、可叹,人物刻画入木三分。在《烂柯山下》中,谢涛扮演的朱买臣同时与封建制度和社会现实博弈,主人公的受辱、狂放和悔恨被演绎得淋漓尽致。

谢涛表演的成功，很大程度上是因为对晋剧唱腔的继承和创新，并形成自己的独特风格。谢涛习艺，兼容并蓄，自成风格，这些都对深化主人公的心理刻画和主题表现极为有效。谢涛的唱腔是在学习晋剧大师丁果仙的基础上形成的。就像吃饭一样，光吃最好的东西也会营养不全，只有兼食杂粮，才能身康体健。为此，谢涛还学习了其他老师的风格，吸收了其他剧种唱腔的特点，最终形成自己的风格。特别是她扮演的行当很有特殊性，女声唱须生，须生饰士大夫或士人角色的唱腔，更具磁性、张力和韵味。不管是叙事的婉转，还是抒情的悠扬；不管是二性的字斟句酌，还是流水的高亢激昂，只要她一开腔，就能把观众带入特定的情境，就能让观众接受并认可她所呈现的典型环境中的典型人物。

谢涛的艺术魔力，更突出的是她的"做戏"，即在表演技巧上的刻意突破、淬炼出新，追求人物的个性特点和剧情的精妙呈现。谢涛叫响的几出戏，都是新编历史晋剧。虽然都是古装戏，但没有套路可循，也没有现成样本可参照，完全要靠自己对人物的理解，凭自己对剧情的琢磨，在继承传统程式的基础上构思、设计和创新。尤其是这种创新只适于此剧、此情、此境，如果不分青红皂白地照搬，可能就成了鹦鹉学舌。这样的唯一性，就是做戏的极致。在《傅山进京》中，"雪夜论书"一节可谓神来之笔。茫茫雪夜，傅山和康熙不期而遇，相向练拳舞剑，既表现了傅山道家拳术的修养，又彰显了中国传统文化的玄妙；雪夜静谧，谈书论道，正好体现二人思想的高深和迥异，环境提供了最好的深聊意境。《布衣于成龙》中于成龙单骑上山舌战土匪一场戏，以谐谑场面表现惊险，诙谐幽默、妙趣横生：手下人打凉伞敲铜锣，于成龙骑跛骡悬酒壶摇葵扇，看似悠然上山，天知道他要掩盖心中的万分紧张！正因此，于成龙豁达乐观为百姓不惜自己性命的胆略，才得以充分表现。《范进中举》里，范进不断进取，可敬；人格扭曲，迂腐；喜极而疯，可悲；私欲膨胀，可叹！在表现范进的疯癫时，谢涛如此设计：范进跑到街上，抢夺了路人手里的扫帚，以大地为纸，似扫是写又是画，嘴里还不停歇地吟唱。如此行为，既符合疯人的行止，又符合范进作为士人的身份。再一个"发疯"，是范进狂呼要坐轿，街头众人联手托举，作抬轿状，任其疯狂挥洒。这样迹近"胡闹"的表演，其他戏剧舞台上很少看到。为了一个独一无二活脱脱的范进形象，谢涛与晋剧同仁们集体狂飙发"疯"，所谓不疯魔不成活，信矣哉！反过来想，不如此表演，又何来我们脑海里长久不去的范进形象？《烂柯山下》这出戏，同样是跌宕起伏、大起大落，朱买臣的穷困潦倒、受辱励志、献策得官、得意狂放、乐极生悲、悲伤悔恨，形象概括了多少"有志者"的一生，唯有谢涛，她把人生的吊诡演绎得如此深入人心。

谢涛在梆子艺术、在老生行当上的成就，并非简单一个"优秀演员"标签所能概括。她所塑造的封建士大夫人物系列，折射出时代大潮中安身立命、追求人生价值的艰难和悲喜。性格即命运，个体映整体，理解了谢涛的人物序列，就能更好理解她的艺术追求，进而感受到晋剧艺术对传扬中华文化的现实影响！

梨园梅开更芬芳

艺术家的成长和庄稼、树木的成长一样,离不开天时、地利和运思。太原市晋剧艺术研究院王春梅女士,作为国家一级演员和在省内外频频得奖的戏曲艺术家,一路走来,就是在这种境况下茁壮成长起来的。

1984年,太原市文化艺术学校招收一批有舞台经验的学员,定向为太原市戏剧院团输送人才。经层层选拔,王春梅名列其中。经三年刻苦学习训练,王春梅以优异成绩毕业,顺利进入太原市晋剧艺术研究院。少年时历练丰富的演出实践,青年时系统规范的理论学习,正当年时进入市属专业戏曲舞台大显身手,天时地利人巧思,王春梅赶上了艺术的好时代。

艺术家的成长离不开先天条件。表演专业的招生条件,基本依据如下四条标准:好形象、好线条、好嗓子和好脑瓜。王春梅完全具备了这几点,加上她的刻苦训练,勤奋钻研,而今成长为参天之树,情理之中。更何况,20世纪90年代王春梅与太原市的梨园世家之子武凌云结为伉俪,更如鱼得水,如虎添翼。武凌云先生是国家一级演员,戏剧"梅花奖"获得者。武凌云长期扮演关公形象,不断搜集关公艺术造像和民间故事,从历史文化入手,着力探寻关公的思想境界,从艺术构造入手思考表演招式,多年修炼,一炮而红。太原市实验晋剧团排演大型历史新创剧目《关公》,武凌云的演出出神入化,被业内称为"活关公"。武凌云的父亲武忠、母亲阎慧珍都是国家一级演员,是载入太原市晋剧艺术研究院史册的"六大员",老两口堪称晋剧泰斗。在这样的梨园世家,耳提面命、相互切磋、濡染浸润近三十年,王春梅出类拔萃、芝麻开花,正合社会大众的期待,也是对艺术沃土和时雨春风的完美回报。

王春梅师承晋剧名家薛林花,主攻小旦、闺门旦。她巧妙地融小旦、闺门旦于一体,扮相秀丽俊俏,唱腔圆润甜美,表演声情并茂,舞台风格张弛有度,骄矜中含羞涩,抱怨中伴深情,泼辣中见温顺,嘲讽中寓幽默。随着年龄的增长,对人生的体悟,王春梅积极主动拓展艺术天地,做出了不懈而有效的努力:传承晋剧唱腔特色之外,不断吸收蒲剧、豫剧甚至越剧、黄梅戏的优长;创新小旦、闺门旦表演,更向大青衣角色试水迈进;在唱腔声色上形成个人独有的风格,不断增强声腔的思想性和文化韵味。《相府梦》里,王春梅扮演的金凤是相府的千金小姐,性格泼辣大方,敢爱敢恨。在寻找表兄的唱腔里,王春梅先将原作唱腔改为无伴奏干唱"咒一声地,怨一声天,是何人留下个女想男",再以两遍复唱强化表现对风流偶倪表哥的热烈渴望。紧接着，用晋剧"十三嘿"和三花腔唱腔，辅以扇遮面动作，表现封建女子的温良贤淑。但金凤就是金凤，依她的个性，"烦起来，祖宗牌位敢砸烂；烦起来，骂了婆子打丫鬟"。在"春天里我想把双飞燕窝端……到秋天我要把并蒂莲花剜……""说什么羞，顾什么惭，谁家的猫儿不腥膻。我不求月老牵红线，自己的梦儿要自己圆"。在这些唱段里，她扮演的金凤，在优美的晋剧曲牌鼓点中，纤腰微摆，小脚轻抬，踢门打窗，将一个性格鲜明、敢爱敢恨，有着活泼的青春生命力的少女形象展现在观众面前。正如著名京剧表演艺术家李少春先生所说："角色没有变，但演员会变，他的思想认识不可能长期停留在一点上，她提高了、发展了，对角色会有新的认识，那么，她可掌握的扮演同一角色的技术和分寸，也必然会随之有所新的发展与新的变化。"王春梅有长期的艺术历练，加之系统学习了三年的戏曲文学，所以她的人物塑造完全摆脱了照本宣科，更注重心理刻画和角色思想深度，表演起来不愠不火，分寸恰当。2007年参加中国剧协、河南省委宣传部、河南电视台共同主办的"擂响中国《梨园春》全国专业戏曲演员大赛"时，王春梅一举夺得金牌，成为年度总冠军，并获得20万奖金和一辆小轿车的奖励。

对于戏曲演员来说，创造一个刻入观众脑海里的新的艺术形象，是莫大的成功，也是终生的追求。2017年太原市实验晋剧团排演晋剧《高君宇与石评梅》，这是一出新编革命历史剧，王春梅饰演石评梅。把一位追求进步、倾向革命的民国淑媛、知识女性搬上戏曲舞台，不是一件容易的事儿。我们知道，写意的戏剧不同于写实的电影和电视剧；传统的戏曲不同于舶来品话剧和歌舞剧。戏剧，无论是故事情节推进还是人物形象塑造，都靠唱、念、做、打、舞和手、眼、身、法、步来表现。石评梅是现代名人，距今较近，如何准确把握、塑造完美，"差之毫厘"不免"失之千里"。排练过程中，在导演悉心指导下，王春梅凭借戏剧舞台上几十年摔打的功夫和对漫漫人生路的体悟，无论是扮相还是人物塑造，任何小节都不放过，终于传神地塑造出了"这一个"。尤其是唱腔上，她有较大的提升和创新。最后一场《墓畔哀歌》，是石评梅对高君宇的追悼和怀念，整场戏笼罩在悲情中。这种悲，不只是悲伤和悲恸，而是对红色恋人的追寻，是由自由主义者向战士的转变，也是对中国革命未来的神往。如此之多的内涵，这一折唱腔声色，天然带有了哲学意味，和更深的文化内涵。悲情不再单纯是情绪，它要抒发主人公石评梅的人生观世界观。悲情起，悲壮进，豪迈止，凭着炉火纯青的表演，出神入化的演绎，拿捏有度的唱腔尺度，王春梅凭此剧在西安参加《擂响中华》第二季全国戏曲群英汇大赛中荣获"巅峰大奖"。正因为如此，王春梅说，《高君宇与石评梅》是"上天给我迟到的爱"……此生无悔，幸遇"高石"；无问西东，只演评梅。不消说，思想性艺术性高度融合的此唱段，亦因之成为王春梅的经典保留唱段。

2019年似乎是王春梅的艺术成就丰收年。得奖是一个重要标志，而专场艺术展演则是一个完整的艺术回顾。7月19日，王春梅戏迷见面会在太原煤炭交易中心举行，现场掌声、喝彩声络绎不绝，场面十分火爆，多路专家学者给予恰如其分的好评。时隔两个月，"2019年中国—东盟(南宁)戏剧周"王春梅专场演出举办。如果说太原的戏迷见面会只是一次练兵预演，那么南宁的专场演出则是实战和残酷的阵地争夺战。"中国—东盟(南宁)戏剧周"是在中国文化和旅游部指导下，由广西壮族自治区文化旅游厅主办，有十个东盟国家和中国数十个艺术院团参演的大型艺术展示场和秀场，暗暗较劲那是必不可免。因为有实战经验，加上专场节目准备得很充分，王春梅以六个片段演绎（六个人物六个旦角），多类型全面呈现自己从艺以来代表性剧目中的精彩片段。虽然广西是个晋剧盲区，虽然观众大多是年轻人，王春梅的表演依然收到预想不到的效果。此起彼伏的掌声，发自肺腑的喝彩，谢幕时满怀抱的鲜花，均表明晋剧以及王春梅本人的演出在异域他乡经受住了严格的检验，且大获全胜。理所当然，王春梅本人也荣幸获得组委会颁发的"朱瑾花·杰出演员奖"。

　　且看艺苑晋阳花，梨园梅绽更芳芬。数十年来，王春梅把全部精力投入梨园，悉心耕耘，砥砺前行，独自绽放着属于自己的梅香，清香洒遍山西、内蒙古、河北、陕北等所有晋剧流布之地，奔波在农村、街道、军营、工厂、学校，广泛传播传统文化和晋剧艺术。她还积极参加慰问、联欢和义演等公益活动。正如她说，此生注定付与戏曲舞台，选择梨园终生无悔。

励志见艺境，艺高人青春。

守一份人之初

太原市晋剧艺术研究院实验一团最近创排的《起凤街》，如同前几年演出的《上马街》一样，又是一出小街巷映衬大背景、小人物反映大温情、小面馆表现大时代的好戏。《上马街》详讲了太原解放时，四合院的普通百姓如何冒着生命危险把城防图送给解放军的感人故事。《起凤街》演绎了改革开放40年来起凤街百姓克己奉献、努力适应、融入新时代城建与发展的动人篇章。大时代，小背景，大场面，小故事，二剧异曲同工，由小见大，折射出时代的风采。帷幕展开处，剧情起伏时；小巷深深故事多，都是时代的歌。

《起凤街》的女主人公齐金凤，原是太原某国营企业的工会干事，改革开放初期，她响应政府号召，带头辞职，下海经商，和下岗职工、自谋职业的丈夫王家善一起办了个炝锅面馆。炝锅面是齐家的祖传，王家善原是企业食堂的炊事员，夫妻俩在挂有傅山题字的祖传炝锅面馆里，精心制作，用心打理，诚信经营，面馆一开张便风生水起。加上，炝锅面风味地道，价格合理，服务热情，吸引了大量回头客。炝锅面馆人气旺盛，炝锅面馆也便成为街坊邻居的信息聚集地、消息发布处和信息平台；进而，亦成为互帮互助、见义勇为的积善堂：百姓饮食文化的地标，和谐发展社会的秀场。

随着城市的发展，原来的起凤街已经不适应老百姓现代生活的需求。根据政府的建设规划，这条街要扩展拆迁，起凤街何去何从，成为这条街各色人等必须面对的现实，各自的态度表达，不同的利益诉求，都在小小一方炝锅面馆里展开。政府从保护文物和非物质文化遗产的实际出发，科学规划，合理安排，最后决定将老字号的炝锅面馆整体抬高 90 厘米、后移 5 米，继续完整保护。整出戏既能感受到改革开放的气息和节奏，也能感受到在新的时代人们内心的焦灼和思想境界的提升。发生在炝锅面馆的喜怒哀乐各种挠头事，均得到合理解决。"大团圆"的结局，符合中国百姓的审美需要，也符合观众求真、求善、求美的观赏心理，客观上，它正是对改革开放的无言赞美。

善来福往绽芳华。《起凤街》里的角色，宛如人之初。不管在剧中的关系如何纵横勾连，人人都热爱社会生活，个个都敬从本职工作，积极融入城市的建设和发展，共同实现着城市的美好愿景。剧中主要人物齐金凤和她的丈夫，除了共同经营好自己的面馆之外，还热心公益，乐于助人。齐金凤默默资助失亲学子牛小娟十三年，一直到大学毕业，成为城市建设的时代新人；齐金凤夫妇还含辛茹苦，养育了出国留学夫妇早产的孩子至 26 岁，一直到海归夫妇来相认，平和从容；海归夫妇王清峰和秦诗月，在20世纪80年代非常困难的情况下，扔下早产孩子毅然出国留学，学成归来积极投身于改革开放的大潮；齐金凤和王家善的养子王俊凯，虽然一身小市民习气，善心和正义存留内心，在牛小娟身患败血症需要血型配对、骨髓移植时，他主动积极配型成功，挽救了牛小娟的生命。剧中涉及的重要人物还有魏改莲，她勤劳善良，豁达开通，虽是一名退休环卫工，她不愿到沿海创业有成的儿子处闲住养老，继续担负城市美容师的工作。至于剧中的市领导、警官小张、帮工小凤等，一个个都是在自己的工作岗位上发光发热、绽放芬芳的建设者，都是可歌可泣的时代新人。从剧中所有人的身上，都能感受到改革开放40年来人民群众砥砺奋进、艰苦创业、共同推进社会发展的热血情怀。物质文明助推了精神文明的升华，三四十年间，人们在思想修养上，传承优秀文化，吸收八面来风，共同创新了时代的精神风貌。

民间堪比庙堂阔。戏曲演员努力出道与上台亮相过程中，学的都是传统戏，排演的不是帝王将相就是才子佳人，角分生旦净末丑，人有庙堂与草根，但从戏剧本真来说，不管什么戏，其固定程式、唱念做打，都务须合辙押韵，符合传统。技术是那个传统技术，保持传统情况下，新编现代戏如何演，那就完全是另一个新的天地，新的追求。每个演员接触的每个角色，都是全新的"这一个"，没有师传，没有参照，也不可能模仿。从这个角度来讲，现代戏的天地更宽广。除了继承吸收,还需发扬光大;苦练基本功是舞台艺术的必须,借鉴其他艺术样式才能打开自己的新天地。因此,现代戏对人物的塑造无穷尽,难封顶,全靠演员深厚的底功、聪颖的悟性和辛苦的打磨,用心呈现。

《起凤街》的演员都是老戏骨。特别是谢涛扮演的齐金凤,活脱脱一个成熟干练女经营者形象。当然,这种塑造,主要表现在唱和做上。关于唱,谢涛以女须生的唱腔特色让观众印象深刻。大家有所不知的是,谢涛的旦角唱腔板式,在她童子功时期就显现特长。《起凤街》中齐金凤的唱段,时而婉转悠长,时而激情奔放;时而低吟浅诵,时而曼妙飞扬,把齐金凤为人正派、做事稳重、善解人意、乐于助人的品性表现得淋漓尽致。做功上,谢涛从艺30多年,生活积累丰厚扎实,加上悟性高、肯吃苦,不管是运用传统程式,还是概括提炼现实生活人物,一个眼神表情,一个身段趋伸,就是一个活脱脱的谢涛版齐金凤,来自生活并高于生活。

《起凤街》的演出阵容,一个谢涛足以光芒四射,何况还有四梁八柱撑持。还有"一颗菜"的精神。梁忠威扮演的齐金凤丈夫王家善,道具就一根擀面杖,出出进进、上上下下、左冲右突,惟妙惟肖刻画出一个热心、嘴碎、有正义感、怕老婆的人物形象。一级演员魏建琴在剧中扮演的魏改莲,是一个勾连串场的角色,戏份不是太多,但出将入相,唱念挥洒,把一个旦角的各种功法和特点都表现得熠熠生辉。剧中还有几个角色，不是一级演员，就是优秀青年演员，他们守正创新，既有传统出处，又各自标新立异，共同的特点是用心演，往心里演，几句唱词、几句道白就烘托出一个鲜明的形象。谁说现代戏演不好、不好演？问问自己用心否！《上马街》感人、好看，自然就获得了中国戏剧节奖、上海白玉兰国际奖金奖。如此说来，现代戏的表演天地非常宽广，用武场地也很大，但凡用心，会有无数的《起凤街》崛起。

一出好戏，剧本是基础。《起凤街》的编剧，是很会讲故事的剧作家赵爱斌先生。长期以来，赵爱斌先生把创作的重点放在现代戏上。太原市晋剧院十几年来排演的现代戏《丁果仙》《范进中举》《紫穗槐》《上马街》等，都出自赵爱斌先生之手，一经公演，都反响热烈，基本上都成为经典剧目、保留剧目。《起凤街》同样显现出赵爱斌先生潜心创作的特质和大家风范的本色。《起凤街》自始至终不换景，让人想起戏剧最经典之《茶馆》。小小一方（茶馆）面馆，是空间的限制，也是限制（创作）天才的空间，它约束了二度、三度创作，却像磨刀石开启锋利刀刃一样，充分调动起导演和演员的创造活力，于规定场景中充分发挥想象，把戏份做足，再求做出新意、做到极致。憋足之后的爆发，才有火山喷发的绚烂！事实正是这样，《起凤街》的长处和特点，就是看表演，看人物塑造，看演员的真功夫。剧中的人物设置，除了市领导外都是小人物，不管是下岗创业还是城市建筑，不管是进城务工还是莘莘学子，他们的所作所为，让观众看到了大时代、大背景和大境界，这不正是"创作以人民为中心"的理念外化吗？创作者厚积薄发，匠心独运，巧妙钩织老百姓的身边事，形成剧中的几个小故事，由小见大，以事传情。事实上，凡人小事的百姓事，对每个百姓家庭来说都是要"过坎"的天大事。这就构成了矛盾，有了冲突，形成了戏剧的对立统一。赵爱斌先生的高明之处，就在于把小事讲成大事，以平面事构造复杂事，并从中讲出关乎世道人心的深刻道理。在一个快速发展的时代，中央提出民生无小事、关注百姓事，赵爱斌先生挖掘塑造的这个《起凤街》，正在时代风潮之上，因此它吸引观众、感动观众，并让观众于回味无穷中自我教育，自我升华。

《起凤街》在鲜花簇拥和热烈的谢幕掌声中落下了帷幕。带着回味，带着思考，走出剧院的观众想着身边的人身边的事，内心阵阵涟漪。大幕落下处，思考正出发；艺术的力量，正于此呈现。期待着，静静地期待着赵爱斌先生能在《上马街》《起凤街》之后，再创作一出"**街"。四合院、小面馆、晋腔晋调，山右风情，持续演绎太原新时代的新故事，最终形成谢涛领衔下的太原晋剧院艺术家们反映太原历史变迁的街巷艺术题材三部曲。

"守一份人之初日月流传"，岂不妙哉！

后　记

　　一个人的出生地成长地事业发达地，既是天赐，也靠人为。说天赐，是因为没人能左右了自己的出生地，那是父母恩赐，上天造化；说人为，是因为后天的学习、成长和工作，既靠时运更靠个人的追求，内外在的因素都起着决定性作用，此时一个人骨子里的天性就会起着更大的决定性作用。就我而言，出生成长和工作事业，走过了迥然不同的两个天地：一个是农村，我古老的祖籍地，俗语中的老家；一个是日新月异的千年古城。

　　感谢时代，让我经历了两个不同的文化环境，成全了我对生活的多重认识。20世纪与21世纪交替中的中国农村和城市，是两个完全不同的意境。我在这两个环境中分别生活了二三十年。先说在农村，自然先是读书上学，初小、高小、初中、高中上了个遍，时值"文化大革命"，上一上、停一停，时断时续，休学间隙肯定是参加农业生产劳动，自家的，生产队集体的，后者为主。特别是高中毕业后，大中专仍然不招生，我辈便成为地地道道的农民，当然算是有文化的知识青年。以乡村知青的身份，我加入了党组织，当了村干部，也到公社（现在的乡政府）工作过。不管走到哪，每天面对的是广阔的田野，交往的都是农民朋友，耳濡目染的是村风民俗，"道听途说"的是方言俚语。晴耕雨读，熏陶传统文化；街谈巷议，数说家长里短。身处其中的时候，所有大小事宜并不一定有什么深刻的印象，时过境迁，它们都成为我记忆深处的珍存，是我反刍岁月的有机材料，反复咀嚼，滋味愈深。

节变岁移，我被推荐上了中专。中专毕业后并不例行分配，遂又参加"文化大革命"后的高考，上正规大学。不管是中专还是大学，都是从村庄到城市文化层面的过渡。大学毕业后，分配在城市工作，直到退休。城市和农村管理体制不同，工作性质不同，生活环境和习惯也不同。工作日上班工作，节假日自由支配，工资按时发放，公益事业也基本普惠。每天面对的是现代文明，每天交往的也是受过专门教育的同事。街坊邻居不免有小市民的陋习，但井水不犯河水，却也相安无事，同事中固然也有程度不同的竞争，但那是任何环境中都会有的存在。认可就好。

在农村在城市，我和同代人走过了大致相仿的道路。农村是苦寒之地，特别是五六十年代。寒冬腊月，我十六七岁就到运城盐池拉硝，为的是一天能挣一两块钱。盛夏酷暑，顶着炎炎烈日和农友一起辛勤耕耘、精心稼穑。三九严寒，顶风冒雪和社员群众平田整地，填沟造田。干完一天农活，晚上还要提着马灯，往生产队的地里义务拉粪运肥，争做青年突击队员。农村也是传统文化的传习地。中国传统文化在农村根深蒂固，任凭改朝换代、风雨摧折，传统文化的基因在农村深厚的土壤里根深叶茂。无论是逢年过节、婚丧嫁娶，还是祝寿庆生、起屋架梁，这些延续血脉、孝老敬亲、感恩报德的程序，大都要以文字书写的形式来呈现。当时，在老家，我既是参与者，也是书写者。久而久之，对于传统文化，我在书写中熟识，在参与中深化。农村还是一个天高任鸟飞的竞翔地。那里虽然生活艰苦，文化滞后，但它少有限制，天地广阔。只要坚韧不拔、苦干实干、志存高远，就能超越生活的藩篱。我就在时代的感召下，任职村干部，也到公社当过社办人员。当然，不服输不认怂督促我最后还是走上考大学之路。其过程，非强大"心劲"支撑，不能办！

城市相对密集了一个时代里比较聪明的脑袋，代表着现代物质文明和精神文明的高度。中国语境下，它还是领导农村引领农业发展方向的政策策源地。我在城市上班的几十年里，无论是上班下班，总是第一个来，最后一个走，好像单位就是我的一亩三分地，耕种好、经营好就是我的天职。在单位加班加点，在我是常态，也是兴奋热点。就像农村的春种夏管秋收冬藏，一切为了收获，哪怕挥汗如雨、顶风冒寒，都是值得的。单位的工作追求卓越，力求创新。就像农村现在种植养殖一样，要想进入市场，就必须做到人无我有、人有我优、人优我精、人精我特。这也是我在工作中所追求的。更何况单位的工作再苦再累，哪能和农村盛夏龙口夺食之类极端环境条件相比？在单位的交往对象，不是同事就是属下，不是领导就是兄弟单位的同僚，他们就像我在农村的同乡邻居，或者长辈族亲。尊老爱幼、安老怀少、互帮互助、和睦相处，皆是仰慕传统文化，弘扬圣贤道德之自然流露。节假日和业余时间，我大多投身阅读书写，挤时间发展自己的业余爱好，不断完善提升自己。讲真，这比在农村和土坷垃打交道时点灯熬油修身问学要容易得多，起码时间上的充分保障和环境的得心应手，就远胜一筹。长此以往，便固化为我迄今仍保持的生活习惯和工作状态。

感恩时代，让我们这一代在农村经过艰苦历练，充分了解了中国最基本的国情，基本树立人生观之后还能有机会上大学，到城市参加改革开放的伟大实践。感恩生活，让我在青壮年阶段，切身履历了"苦其心志"的农村生活和快速发展的城市涅槃，并对我国的社会发展有了具体而充分的认识。感恩岁月，让我们这一代大学生，有别于"文化大革命"前的大学生以及之后的大学生，所学书本知识大家相似，此外我们多了别样的来自社会的收获，也多了别样的感受，以及特殊生活环境所塑造出来的别样的人格。

到了法定退休年龄，我便转身谢幕。回到人生原点之后，生活中我很少过问别人，别人也很少过问我，恭默守静，我开始长考自己的来时路。我走过农村，农村成为我挥之不去的乡愁；我走过城市，城市伴随着我的沧桑巨变。于是，我便形成文字，来表达我深沉的岁月感怀。

农村和城市的发展，现在呈现明显不同的景象。农村现在人家户数没减少，人口却在锐减；强调一村一品发展优势产品，效益各各不同但农户的消费支出日感增加；田间劳动多是一家一户，而且都是上了年纪的老两口；村容村貌有新有旧，场院门户有实有空，空的都是外出不归的家庭。长年缺少青壮年身影和少年儿童喧闹的农村，失却了农村文化特有的灵魂，三世四世同堂家庭极为少见，老少相聚天伦之乐的断层，不正是农村传统文化的缺失？直奔经济而去，心灵无处安放，奔走成为生活的常态。虽然农村现在也在大力推进脱贫攻坚、乡村振兴、建设美丽乡村各项工作，但这一切都还在艰难的进行中。而农村新的秩序建立，可能还需要更长的时间。

与此同时，城市的变化很明显。我写城市山脉河流、道路桥梁、公共文化建设和公益事业的发展变化，都是有声有色，特别是城市文化旅游景点的提档升级，更是惊艳绝伦。城市街景变化太大了，老市民迈出自家街区多走一阵儿，都可能会迷路，"马儿呀，你慢些走"，城市的发展既要注重建设质量，还要注重文化肌理；既要体现城市的文化个性，还要体现城市的地域特色，更重要的是市民素质的提高。

也许，我的认识还不够全面，也许我的感受还不够深刻，也许我的书写还有悖于实际，也许社会实践还需要历史的检验。但是，时代给了我农村和城市历练的机会，生活给了我农村和城市交替思考的平台，岁月给了我农村和城市朝耕暮耘的收获。我感恩时代、歌咏生活、致敬岁月！

吴国荣

2020 年 12 月